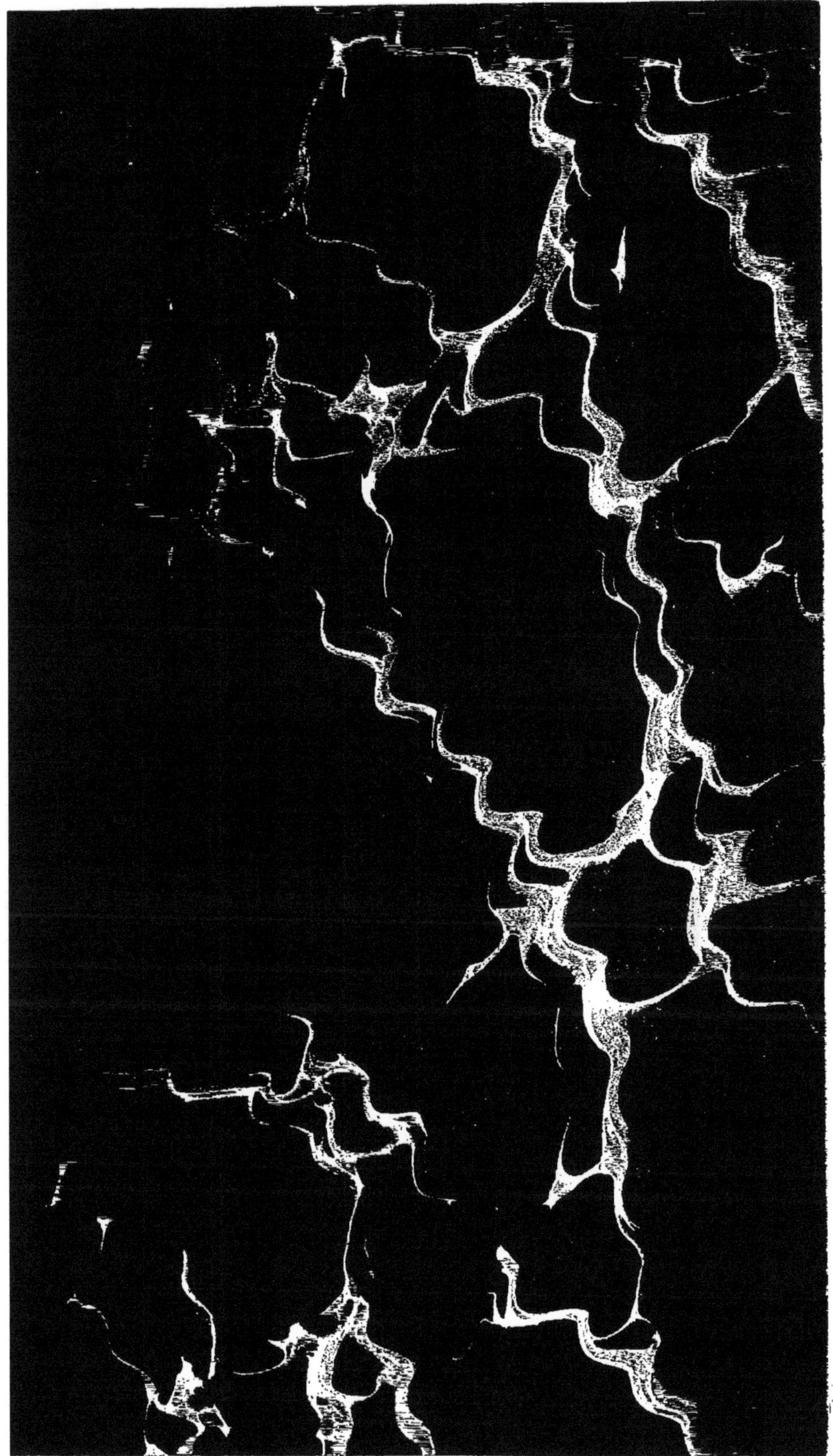

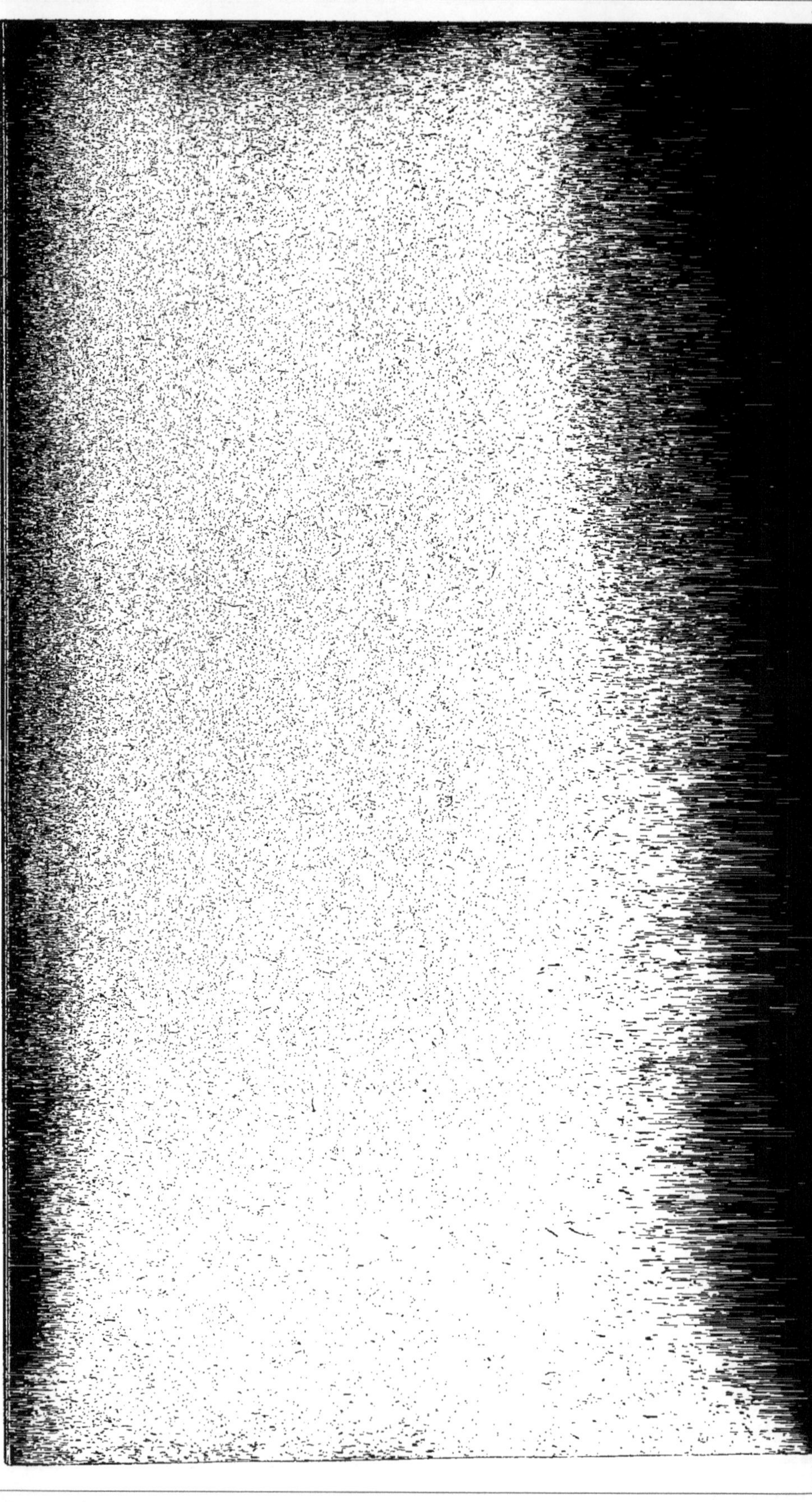

ORIENTALES

PARIS

LES OCCIDENTALES,

OU

LETTRES CRITIQUES SUR LES ORIENTALES.

IMPRIMERIE DE C. THUAU,
Rue du Cloître-Saint-Benoît, n° 4.

LES OCCIDENTALES,

OU

LETTRES CRITIQUES

SUR LES ORIENTALES

de M. Victor Hugo.

Delenda est Carthago.

PARIS.

HAUTECŒUR-MARTINET, LIBRAIRE,

RUE DU COQ-SAINT-HONORÉ;

ET CHEZ TOUS LES MARCHANDS DE NOUVEAUTÉS.

—

1829.

AVERTISSEMENT DE L'ÉDITEUR.

L'AUTEUR des Lettres que je publie n'avait pas l'intention, en les écrivant à son ami, de mettre le public dans la confidence de son opinion sur les *Orientales* de M. Victor HUGO. Moi-même, en sollicitant son avis sur cet ouvrage, je n'avais songé qu'à me procurer un divertissement d'esprit fort inoffensif. Tout semblait même interdire jusqu'à la pensée de la publicité. La familiarité du style épistolaire permet une foule de saillies qui trouvent à la fois dans l'épanchement de l'amitié leur motif et leur excuse, et qui peuvent rarement, sans se compromettre, soutenir le grand jour de l'impression. En second lieu, déjà plusieurs journaux littéraires ont, avec le talent d'une plume exercée, censuré et ridiculisé la plupart des vices de cette œuvre romantique. Enfin l'apparition des *Orientales* n'est plus une chose si récente, et d'autres questions plus sérieuses que les débats purement littéraires préoccupent tous les esprits. Assurément ces motifs paraissaient assez graves pour m'engager au silence sur des critiques faites sans prétention, exposées déjà par de plus habiles, et dont l'intérêt n'a plus, pour se soutenir, le charme de la nouveauté, ni l'absence d'intérêts plus puissans.

Mais d'autres motifs, dont je laisse le public témoin et arbitre tout ensemble, m'encouragent au contraire à faire cette publication, avec le consentement de l'auteur. C'est aussi, ce me semble, un intérêt sérieux pour la France que le maintien de sa gloire littéraire, et elle doit être assez fière de ses propres grandeurs pour repousser avec dédain toutes les influences étrangères sur son génie comme sur sa puissance. Or, voici venir de l'Orient, c'est-à-dire de la Barbarie, des inspirations nouvelles faites pour altérer la pureté de notre belle littérature : un cri général de réprobation doit donc s'élever contre cette invasion offensante; et, si les gardes avancées donnent l'éveil, ce n'est pas une raison pour empêcher chaque simple citoyen de courir de son côté aux armes. L'arme la plus naturelle contre un pareil ennemi, c'est le ridicule. Plusieurs l'ont déjà saisie habilement dans des écrits quotidiens ou périodiques : mais j'ai pensé qu'il ne serait pas hors de propos de présenter, dans le recueil de ces Lettres, une masse de traits critiques qui, partiellement, n'auraient peut-être pas atteint le but qu'ils se proposaient, celui de venger de tant d'outrages le bon sens et le bon goût, la nature et Racine. D'ailleurs, si les *Orientales* sont déjà vieilles de trois mois, elles ne sont pas le dernier mot des prétendus réformateurs du goût des lettres françaises. Le *Dernier jour d'un Condamné* est venu porter à la prose un coup aussi violent que les *Orientales* à la poésie. D'autres œuvres semblables menacent notre avenir littéraire. Il est donc temps encore, il est même urgent, de s'armer contre les barbares : *Delenda est Carthago.*

Quant au titre de *Lettres Occidentales* que je donne à cet écrit, le motif en est tout simple. Il est assez naturel que l'auteur se place au point opposé de l'horizon des *Orientales*. On pourrait encore lui donner un autre motif : mais c'est au public éclairé, qui sera le juge, de décider lequel des deux, du poëte ou du critique, aura vu l'occident de son ouvrage.

E. J. Chételat.

LES OCCIDENTALES,

OU

LETTRES CRITIQUES SUR LES ORIENTALES.

PREMIÈRE LETTRE.

1er février 1829.

QUELLE singulière chose, cher ami, que ces *Orientales* de M. Victor Hugo, dont vous m'avez envoyé un exemplaire magnifiquement et largement imprimé ! Est-ce bien sérieusement que vous me demandez mon avis sur cette œuvre vraiment originale dans toutes les acceptions du mot? Serait-il vrai que vous eussiez une velléité de tendance vers la nouvelle école ? Je ne le puis croire. Je pense plutôt que vous avez voulu égayer ma retraite au sein d'une belle nature et de l'étude des grands maîtres, ou que, connaissant mes affections toutes classiques, vous avez voulu arracher à un pauvre solitaire quelques saillies violentes, quelques émotions d'une sainte colère contre la profanation du culte sacré des Muses. Eh bien, vous avez réussi dans les deux sens ; j'ai éprouvé tour à tour cette indignation qui faisait autrefois les vers de Juvénal, et cette gaîté moqueuse qui fut si souvent la muse inspiratrice de Voltaire. Quand j'interroge les immortels écrits de toutes les antiquités de la Grèce, de l'Italie, et même de la France (car l'innovation romantique vient déjà donner au siècle de Louis XIV ce caractère d'une auguste vieillesse), j'entends toujours à la fois un écho dans la nature qui me rend toutes leurs images, et une voix dans mon intelligence qui les approuve et les admire. Je crois assister à la création de la pensée de ces grands hommes, et je la vois sortir de leur génie, simple, pure, noble et abondante, comme la nature même qui la leur inspira. Frappé de la facilité et du naturel de ces conceptions du talent, je me demande alors d'où vient que le talent soit si rare, quand l'inspiration en est si simple; pourquoi la lyre, composée des mêmes cordes, ne rend pas sous tous les doigts une égale harmonie? On l'a déjà dit : ce n'est pas la nature qui manque jamais au génie de l'homme, c'est l'homme qui manque à son propre génie en manquant à l'imitation fidèle de la nature. De là toutes ces productions bizarres de l'esprit humain, toutes ces littératures qui mentent à leur vocation première, à l'expression véritable de la nature ou de la société, seconde nature aussi nécessaire à observer que l'autre, puisque, comme elle, elle a aussi ses lois constantes, fondées sur les habitudes humaines. De là ces affectations de l'esprit aux dépens de la vérité, ces imaginations tantôt monstrueuses, tantôt grotesques, qui ont la prétention d'être merveilleuses tandis qu'elles ne sont qu'insensées, d'être naturelles tandis qu'elles ne sont que triviales; de là l'apparition de cette poésie nouvelle, dont la véritable poésie s'épouvante et se rit tout ensemble; de là enfin, cher ami, le romantisme et les *Orientales*.

Le dirai-je? A la lecture de la première pièce, mon imagination déconcertée recula tout-à-coup vers l'enfance de l'art, et je doutai un instant si la date de l'ouvrage n'était pas une erreur d'imprimerie. Je venais de la lire, je la lus de nouveau, je la relus encore ; et, passant rapidement de la surprise à l'indignation, j'invoquai le feu du ciel contre cette abominable Sodôme de littérature. Mais, quand j'eus le courage d'avancer dans la lecture de cet ouvrage, ma conscience littéraire finit par se familiariser tellement avec ce nouveau genre, que, sans perdre tout-à-fait sa première répugnance, elle en adoucit l'éclat par un mélange de moquerie presque inévitable. Ainsi, cher ami, puisque vous en appelez à mon jugement, quel que soit le motif de votre recours à un plébéien obscur de la république des lettres, je satisferai votre amitié en vous faisant passer par toutes les périodes de mes sensations successives à la lecture des *Orientales*. Si vous avez la patience de fouiller tous ces débris de critiques entassés sur des débris de poésie, vous n'y verrez pas seulement de la fureur, vous y trouverez encore de la bouffonnerie, du ridicule, de la pitié, beaucoup de reproches, peu d'admiration, mais, par dessus tout, l'amour du beau, du vrai, du grand en littérature, fondé sur la foi aux plus beaux génies, nourri à l'école d'Homère, de Virgile et de Racine. J'aurais voulu que la part du bien fût plus abondante ; mais il n'en est malheureusement pas ainsi. Et ce n'était pas là l'espoir que donnait à la poésie M. Victor de 1825. Décidément c'est l'homme double dont parle Buffon. Je regrette bien sincèrement que M. Victor ait dépouillé le vieil homme ; car le personnage nouveau qu'il a revêtu, et qui semble vouloir se donner pour tragique dans Cromwell, pour comique dans les Odes et Ballades, et peut-être lyrique dans les Orientales, va faire, à mon avis, une assez triste figure sur notre scène littéraire. Il n'est guère probable qu'il revienne à sa première nature.

Mais espérons que le bon goût en France échappera à cette nouvelle invasion des Barbares. Pour moi, je me félicite que les *Orientales* me donnent une occasion plus fréquente de correspondre avec mon ami ; et, sous ce rapport, elles auront au moins été bonnes à quelque chose.

DEUXIÈME LETTRE.

2 février 1829.

Vous savez, cher ami, que la curiosité, toujours avide de se satisfaire, se jette de suite sur l'aliment qu'on lui présente. C'est ce que j'ai fait d'abord en lisant les *Orientales*, et ce que vous seriez disposé à faire à l'égard de mes critiques. J'avais sauté les premiers feuillets du livre pour arriver au *feu du ciel*. Mais hier, après vous avoir envoyé ma lettre, il me prit fantaisie de jeter un coup d'œil sur la préface de l'auteur, et je pense que, pour justifier mes propres remarques, il ne sera pas mal à propos d'examiner un peu les raisons qu'allègue M. Victor à l'appui de son œuvre. Vous regarderez donc cette lettre, si vous le voulez, comme un *post-scriptum* de la précédente, et en même temps comme une introduction à mes observations ultérieures, et je vous laisserai décider vous-même si l'édifice peut être solide, quand il est fondé sur un si triste échafaudage. Mais j'entre de suite en matière.

Une bonne qualité dans un auteur, c'est la modestie; aussi est-on quelquefois un peu fâché contre Cicéron, quand on l'entend se donner si souvent des éloges qu'il méritait sans doute, mais qu'il devait s'épargner à lui-même. Eh bien, sans étendre la comparaison plus loin que je ne le veux, j'ai reconnu d'abord le même défaut dans notre auteur moderne. Il restreint le droit de la critique à des bornes si étroites, qu'en vérité il l'interdit à tous ses lecteurs; et je ne connais qu'un moyen de fermer la bouche à la critique, c'est la perfection : il est donc évident que M. Victor a de lui-même cette haute opinion, fort honorable sans contredit, mais qui, je crois, lui sera un peu contestée par ses contemporains, et dont la postérité ne se mettra pas beaucoup en peine. Mais, en attendant que les nouveaux règlemens prescrits par M. Victor aient force de loi au Parnasse, l'ancienne législation continuera d'être notre guide, et Boileau, Molière et Voltaire seront encore pour nous des autorités que M. Victor voudra bien nous permettre d'invoquer, comme nous lui permettons de n'y pas croire : c'est là une liberté de conscience légitimée par notre charte littéraire. Cependant consentons pour un moment à réduire la critique à la nouvelle procédure qu'on veut fixer à son égard. Ne lui posons que la seule question qu'on veut bien encore admettre, et en la plaçant vis-à-vis d'un ouvrage, demandons-lui : *L'ouvrage est-il bon? L'ouvrage est-il mauvais?* Faudra-t-il répondre par monosyllabe affirmative ou négative? Faudra-t-il se prononcer pour ou contre, sans en alléguer le moindre motif? Oui, sans doute, dira-t-on. Mais, répondrai-je, vous tiendrez-vous pour absous ou condamné, suivant la réponse du juge? Peut-être vous déclarerez vous y résigner. Eh bien, M. Victor, je poursuis d'office vos *Orientales* devant les assises du goût et de la raison, sous la double prévention d'outrage à la morale littéraire, et de provocation à la révolte contre les autorités légitimes du sens commun en France; et moi, chef des jurés nommés par l'opinion publique pour juger votre volume, je me lève et je dis : Sur mon honneur et ma conscience, oui, l'ouvrage intitulé les *Orientales*, dont

M. Victor se reconnaît l'auteur, est mauvais. Que ferez-vous alors? N'êtes-vous pas condamné, d'après votre propre législation, au silence ou à la réparation? Mais non; ce genre de procédure, qui est pourtant le vôtre, ne vous conviendrait point, et j'aurais moi-même regret à une forme qui pourrait sembler si arbitraire. Laissez-moi donc plutôt libre dans mon accusation, comme je vous laisse libre dans votre défense. Je n'ai voulu que vous prouver le vice de la méthode que vous vouliez appliquer à la critique. Ainsi, contre votre opinion tranchante et paradoxale, *la critique a toute raison à demander, et le poëte tout compte à rendre.* L'essentiel est de n'avoir, de part et d'autre, en vue que l'intérêt de l'art et de la science. Ici, nouveau sujet de contestation. Je prévois qu'il en sera de nos idées sur l'art comme de nos idées sur la critique; nous ne nous entendrons pas beaucoup. Je croyais que l'art ne faisait que suivre le génie dans son vol hasardeux mais sublime, pour le retenir au bord des précipices, redresser ses écarts, et lui tenir le même langage que le Soleil à Phaéton :

> Le père cependant, plein d'un trouble funeste,
> Le voit rouler de loin sur la plaine céleste,
> Lui montre encor sa route, et du plus haut des cieux
> Le suit autant qu'il peut de la voix et des yeux :
> Va par là ! lui dit-il ; reviens ! détourne ! arrête !....

Et le romantique croit que *l'art* dit *au poëte : va ! et le lâche dans ce grand jardin de poésie où il n'y a pas de fruit défendu.* Je demanderai alors à quoi servira l'art? Le génie a-t-il jamais eu besoin pour aller en avant, de prendre conseil de quelque autre que de lui-même? Ainsi je ne crois pas nécessaire un grand développement de logique pour prouver que cette pensée bizarre n'est autre chose que l'arrêt de mort prononcé contre l'art, puisque toute sa valeur se réduit à donner au génie un conseil dont il n'avait pas besoin. Et je conçois en effet que l'art était pour messieurs les réformateurs du Parnasse un tyran importun dont il fallait se délivrer à tout prix; et l'on voit comme ils réussissent dans l'anarchie qu'ils se sont improvisée. Aussi je me plais à rendre hommage à l'auteur d'avoir été dans l'application si fidèle à sa propre théorie; car je défie qui que ce soit de trouver dans ses Orientales les moindres traces de cet art si funeste qui enfanta Andromaque, Zaïre et Mérope. Jouissez donc de votre triomphe; vous avez travaillé sans art, il n'y a pas d'art dans votre œuvre, vous n'aurez jamais la honte de passer pour un artiste habile. Dieu! quel profit vous avez tiré de la permission, une fois lâchés dans le grand jardin! Quel pillage! quel ravage! Quel gaspillage! Vous possédez toute la science du bien et du mal, mais celle-ci plus encore que celle-là. Vous avez fait comme des enfans qu'on laisserait libres de toute surveillance parmi les fruits et les fleurs d'un magnifique enclos, c'est-à-dire que vous avez fait un tour de véritable écolier; soyez tranquille, on ne vous prendra pas cette fois-là pour un maître. Je dis cette fois; car, je le répète, cher ami, je n'aurais jamais attendu rien de semblable d'une muse qui jeune encore avait donné de plus douces espérances. Pourquoi aussi s'embarquer pour cet Orient, aussi fatal à son génie qu'il le fut toujours à la liberté? Qu'allait-il faire dans cette maudite galère? *A quoi bon ce voyage oriental?* J'entends l'auteur qui me répond (toujours dans sa préface) *qu'il n'en sait rien* (ni moi non plus); *que c'est une idée qui lui a pris d'une façon assez ridicule, l'été passé, en allant voir coucher le soleil.* Que voulez-vous répliquer à cela? C'est une *idée assez ridicule. C'est toi qui l'as nommée.* Je me tais et j'approuve sincèrement pour la première fois. Seulement gardons-nous bien, vous et moi, cher ami, d'aller voir trop souvent coucher le soleil; car les ténèbres ne tardent pas à lui succéder, et *regrettons*, comme l'auteur lui-même, *que le livre ne soit pas meilleur.* Mais du moins ce regret est bien franc de notre part, et je doute un peu qu'il en soit de même de la part du poëte. Car il va nous dire bientôt que *les couleurs orientales sont venues d'elles-mêmes empreindre toutes ses pensées, toutes ses rêveries ;* (ce qui ne me semble pas pécher par excès de modestie), *et qu'ainsi ses rêveries et ses pensées se sont trouvées tour-à-tour, et presque sans l'avoir voulu, Hébraïques, Turques, Grecques, Arabes,* c'est-à-dire, en termes plus clairs, prosaïques, brusques, grotesques, barbares. Mais que voulez-vous? *il s'est laissé faire*, ajoute-t-il, *à cette poésie qui lui venait; bonne ou mauvaise, il l'a acceptée.* Que dirait-on d'un législateur qui voudrait réformer des abus qui l'auraient choqué, si, pour établir un meilleur ordre de choses, il acceptait sans choix tous les élémens d'organisation qui lui viendraient de Tunis, de Maroc, de Pékin ou de la Cochinchine, et s'il se croyait à l'abri de toute censure en disant : bon ou mauvais, j'ai tout pris, je me suis laissé faire à tout cela? Eh bien, la qualification que mériterait un si honnête et ingénu réformateur, me semble à peu près applicable au raisonnement justificatif de notre orientaliste. S'il est vrai, comme le dit l'auteur en terminant, que tous les regards soient aujourd'hui tournés vers l'orient avec l'inquiétude de l'avenir, et qu'il faille dire comme lui : *tout le continent penche à l'orient, nous verrons de grandes choses*, ce ne seront pas assurément les Orientales qui auront satisfait ces regards inquiets du monde ; car le monde se serait

2

alors inquiété de bien peu de chose, et il se serait fait par là beaucoup de bruit pour une façon *assez ridicule.*

Parturiunt montes, nascetur ridiculus mus.
(HORACE.)

Mais je m'aperçois, cher ami, que mon prétendu post-scriptum est plus long que la lettre. Pardonnez-moi cette irrégularité épistolaire ; une autre fois, *je ferai de la littérature qui soit mieux tirée au cordeau,* quoique M. Victor ne soit pas de cet avis.

TROISIÈME LETTRE.

(Le Feu du Ciel.)

4 février 1829.

Que la transition est agréable, cher ami, des rigueurs de l'hiver aux premiers rayons d'un soleil de printemps! Il n'y a pas quinze jours que la neige couvrait nos campagnes, et aujourd'hui voilà le ciel plus pur et l'air plus radouci. La joie que me fait éprouver ce contraste est aussi vive et aussi pure que celle d'un ami comme vous qui reverrait tout-à-coup son ami après une triste absence, ou celle de l'amant des lettres, qui passerait soudainement de la lecture des Orientales à la lecture des chœurs d'Athalie ou des Pastorales de Théocrite et de Virgile. En effet, je prends la première pièce de ce recueil bizarre, et je m'empare du *feu du ciel.* Avant de descendre dans les détails de cette grande catastrophe de Sodôme et de Gomorrhe, qui, ce me semble, aurait dû mieux inspirer le poëte, je resterai un instant dans le point de vue supérieur de la conception générale du morceau, suspendu comme la nuée avant d'éclater sur tant de fautes abominables. Le poëte se dirige donc vers la poésie hébraïque. En prend-il la véritable route? S'il eût consulté cette Bible, dépositaire sacré de ce poétique trésor, il eût sans doute à chacune de ses idées entendu aussi une voix cachée dans les cieux, la voix du goût, lui dire : *Non-passe-cherche-plus loin-marche.* Et quand il serait enfin parvenu à la reproduction fidèle de la lyre de Jérémie, de la simplicité de Job, ou des accords de la harpe de David, la voix d'en haut lui eût dit alors : *C'est ici.* Mais non ; M. de Sacy lui-même chercherait en vain dans la Sodôme de M. Victor quelque trace de cette langue hébraïque qui lui est si familière. Quant à moi, qui ne puis sous ce rapport comme sous beaucoup d'autres, que m'en tenir aux impressions éprouvées à la lecture des maîtres de l'art, je n'ai pas reconnu dans le *feu du ciel* les accens de la muse du Thabor, tels que les ont soupirés Racine, Jean-Baptiste, et de La Martine lui-même. Il n'y a que dans le sens du proverbe que je puis déclarer franchement que cette pièce de vers est de l'hébreu pour moi, et je pense que beaucoup seront de mon avis. Et d'ailleurs l'auteur aurait-il dans cette pièce, comme dans d'autres, atteint le caractère de la poésie étrangère qu'il veut reproduire, le goût serait encore en droit de lui reprocher la reproduction trop scrupuleuse des idiotismes étrangers dans notre langue qui les repousse. Si vous voulez être hébreu, soyez-le entièrement de tour, et d'expression même; mais n'espérez pas forcer le génie d'une langue à admettre dans son sein celui d'une autre langue, quand ils diffèrent par les points les plus essentiels. C'est là d'ailleurs, ce me semble, le défaut capital du romantisme ; mais voyons un peu en détail tout cet hébreu dont l'ensemble paraît déjà si vicieux.

La voyez-vous passer, la nuée au flanc noir,
Tantôt pâle, et tantôt rouge et splendide à voir?

Souvent (ce qui ne veut pourtant pas dire toujours) je ferai grâce à l'auteur des critiques sur le rhythme poétique, si fréquemment choqué par des sons durs ou des coupes barbares; mais sur les idées, jamais! Comment se peut-il ici, par exemple, que cette nuée soit noire, si elle est tantôt pâle et tantôt rouge? Mais il paraît que ces messieurs s'inquiètent peu *de la façon dont ils emploient leurs couleurs*, pourvu qu'ils les emploient.

On croit voir à la fois, sur le vent de la nuit,
Fuir toute la fumée ardente et tout le bruit
De l'embrasement d'une ville.

L'alliance de deux idées en poésie doit produire une beauté; ici elle ne produit qu'un petit monstre. Qu'est-ce en effet que *voir fuir le bruit de l'incendie?* Si ce n'est pas là ajouter *un col de cheval à une tête d'homme*, c'est pis encore, c'est mettre ses oreilles dans ses yeux: *Risum teneatis, amici.* — Je ne dirai rien d'un *éclair qui se déchaîne comme un serpent*, et je veux voir le poëte se débattre au milieu des flots:

La mer! partout la mer! des flots, des flots encor!
. . . .
Ici les flots, là-bas les ondes;
Toujours des flots sans fin, par des flots repoussés!
L'œil ne voit que des flots dans l'abîme entassés
Rouler sous les vagues profondes!

Voilà bien des flots, qui ne sont pas assurément des flots de poésie. Comment voulez-vous que le poëte s'en retire jamais! Ce n'est pas sa faute s'il y a tant de flots dans la mer; il vous dira qu'*il s'est laissé faire à ces flots qui lui venaient*. A la bonne heure; mais je doute fort que le moderne Arion, au milieu des flots, rende sensible aux accords de sa lyre un de ces grands poissons qu'il nous peint ensuite, et qu'il puisse échapper au naufrage, même sur *l'azur de leurs larges queues;* je crains au contraire que cette queue, indignée d'avoir paru dans un vers, ne replonge le poëte au milieu des flots. — Mais suivons la nuée; elle passe au-dessus des tribus nomades de l'Afrique. Elle y entend *des chants joyeux dans l'air,* ce qui ne laisse pas que d'être très-harmonieux; elle y voit des *flèches qui jouteraient avec les éclairs,* ce qui doit être fort récréatif; mais elle y voit bien d'autres choses:

Les enfans, les jeunes filles,
Les guerriers dansaient en rond;
Les vierges aux seins d'ébène,
Belles comme les beaux soirs,
Riaient de se voir à peine
Dans le cuivre des miroirs.

Danser en rond, se regarder dans du cuivre, rire de soi-même quand on est belle comme un beau soir, voilà des jouissances et des pensées bien innocentes, et surtout bien simples. Mais j'onbliais que nous étions en Afrique. Continuons; nous voici en Égypte, dans ces champs *bariolés* comme un riche tapis; et nous verrons que *l'eau vaste et froide au nord, au sud le sable ardent, se disputent l'Égypte : elle rit cependant entre ces deux mers qui la rongent.* Je ne disputerai pas sur le froid des eaux du nord de l'Égypte, mais je ne puis m'empêcher de *rire cependant,* quand je vois rire l'Égypte entre ces deux mers qui la rongent. Cela marque de sa part un bon naturel, et j'espère que l'auteur des Orientales rirait d'aussi bon cœur que l'Égypte, si un sage ami rongeait devant lui chaque pensée froide ou ridicule de son ouvrage. Puisque nous voici en Égypte, nous ne pouvons pas échapper aux Pyramides :

Trois monts bâtis par l'homme au loin perçaient les cieux
D'un triple angle de marbre, et dérobaient aux yeux
Leurs bases de cendre inondées ;
Et de leur faîte aigu jusqu'aux sables dorés
Allaient s'élargissant leurs monstrueux degrés
Faits pour des pas de six coudées.
Un sphinx de granit rose, un dieu de marbre vert
Les gardaient sans qu'il fût vent de flamme au désert
Qui leur fît baisser la paupière.

Si le poëte n'eût pas voulu *percer les cieux*, ce qui me semble un peu téméraire, s'il eût poli ce *triple angle de marbre* sur lequel ma langue a tant de peine à glisser, s'il n'eût pas *inondé de cendre* la base de ces monts, s'il eût voulu pour plus d'intelligence dire que les degrés allaient s'élargissant, au lieu de dire *allaient s'élargissant les degrés*, s'il ne les eût pas fait *monstrueux* comme plusieurs de ses vers, qu'il se fût épargné la peine de *faire des pas de six coudées*, ce qui est fort dangereux, qu'il nous eût fait grâce de *son granit rose* et de son *marbre vert*, et qu'il eût bien voulu enfin nous laisser deviner que des paupières de marbre vert et de granit rose sont peu sensibles au vent de flamme du désert; si, dis-je, le poëte eût supprimé ces expressions hasardées, dures, fausses, bizarres, et tant soit peu gasconnes, ce qui reste de ces neuf vers n'eût pas été trop mal peut-être. M'arrêterai-je maintenant à considérer *cette ville géante, assise sur le bord* (*le bord de la mer*, je suppose, car le poëte ne le dit pas), qui *baigne dans l'eau ses pieds de pierre*? Non, je laisse Alexandrie prendre tranquillement son bain de pieds, tandis qu'on entend *sur les cailloux blancs les écailles crier sous le ventre des crocodiles*, nouvelle espèce de cri que les latins eussent été fort en peine de qualifier malgré leurs *mugitus*, *balatus*, *hinnitus*, *strepitus*, *vagitus*, *etc.* Je passe encore *les obélisques gris s'élançant d'un seul jet*, et *le Nil jaune tacheté d'îles*, malgré la belle harmonie de ces mots *gris*, *jet*, *tacheté d'îles*, et j'arrive à la fin de cette description de l'Égypte, avec l'étonnement et le regret de n'avoir pas trouvé un pauvre petit bout de vers sur les hiéroglyphes. Quelqu'un me dira peut-être que toute la pièce en est un d'un bout à l'autre, et des plus indéchiffrables. Mais moi qui n'ai pas la langue si méchante, et qui ne me connais pas à déchiffrer les hiéroglyphes, j'attendrai le retour de M. Champollion pour qu'il me dise son avis là-dessus. Quoi qu'il en soit, *la voix dont trembla le Thabor*, dit alors à la nuée, *cherche*; et j'ai cru un moment que c'était à mon intelligence que le poëte parlait de la sorte. Je n'ai pas tardé à voir que ce n'était qu'une illusion de ma part; car le poëte s'est fort peu inquiété de parler à mon intelligence. — Nous voici maintenant dans les sables de l'Arabie. Je me permettrai de demander à l'auteur pourquoi il appelle *ce lieu sacré?* Est-ce parce qu'il dit ensuite que *ces déserts sont à Dieu?* Mais quel coin du monde n'est donc pas à Dieu? *Musæ, Jovis omnia plena.* Serait-ce que l'auteur eût pensé que ce désert avait été consacré par le passage des Hébreux? Mais Sodôme existe encore, et l'anachronisme serait trop palpable. Mais allons *plus loin, dit l'autre voix du fond des cieux venue.* Que vois-je?

> Comme un énorme écueil sur les vagues dressé,
> Comme un amas de tours vaste et bouleversé,
>
> . . . .
>
> L'édifice écroulé plongeait aux lieux profonds.
> Les ouragans captifs sous ses larges plafonds.
> Jetaient une étrange harmonie.

Ses escaliers devaient monter jusqu'au zénith.
Chacun des plus grands monts à ses flancs de granit
N'avait pu fournir qu'une dalle.
Les boas monstrueux, les crocodiles verts,
Moindres que des lézards . . . .
Semblaient d'en-bas des touffes d'herbes;
Des éléphans passaient aux fentes de ses murs,
. . . .
Des essaims d'aigles roux et des vautours géans,
Jour et nuit tournoyaient à ses porches béans
Comme autour d'une ruche immense.

Qu'est-ce donc que tout cela? Quel pot-pourri de la nature et de la poésie tout ensemble! Quelle confusion de langage! Eh! mon ami, c'est la tour de Babel. Gloire au poëte! Cette fois du moins il est parfaitement entré dans son sujet.

Enfin nous arrivons avec la nuée à Sodôme et Gomorrhe! Il fait nuit, il fait de *la brume*, c'est-à-dire du brouillard, et cependant la lune donne, j'en suis bien sûr, car le poëte nous dit que *la lune jetait son écharpe aux cascades*, amusement tout-à-fait original. Nous pourrons voir quelque chose. Je n'en suis pas fâché. Considérons un peu ces deux villes de construction purement romantique; car ici l'histoire est silencieuse. Des *aqueducs*, des *escaliers*, des *piliers aux larges fûts*, des *chapiteaux évasés*, des *éléphans de granit*, des *colosses debout*, des *monstres nés d'accouplemens hideux*, des *jardins suspendus*, des *arcades*, des *temples*, *cent idoles de jaspe*, des *plafonds d'un seul bloc*, de *vastes salles*, des *dieux d'airain*, des *rampes*, des *palais*, des *avenues*, des *ponts*, des *aqueducs* (encore), des *arcs*, des *rondes tours*, des *édifices sombres*, *mille arceaux du vaste promontoire!* En voilà assez, j'espère; comme cette énumération est poétique! Comme la gradation et l'ordre des objets sont observés! Comme enfin tout cela est facile à voir la nuit quand il fait du brouillard! Oh que j'approuve l'exclamation du poëte, à la vue de son propre ouvrage! *Villes d'enfer*, s'écrie-t-il; et puis-je m'écrier avec lui! L'ancienne Sodôme était abominable; la nouvelle n'est guère plus séduisante; toutes deux méritent le feu du ciel; car *comme un double ulcère elles souillent le monde.*

C'est alors que passa le nuage noirci,
Et que la voix d'en haut lui cria : C'est ici!

Il ne fallait pas *noircir* le nuage pour amener le *c'est ici.* Mais cela est trop peu de chose; arrivons au drame. C'en est fait; la flamme

S'ouvre comme un gouffre,
Tombe en flots de souffre,
Aux palais croulans,
Et jette, tremblante,
Sa lueur sanglante
Sur leurs frontons blancs.

La *flamme tombe aux palais;* je ne connais pas ce français-là; c'est sans doute de l'hébreu. *Tremblante, sanglante* et *blancs,* font un effet admirable.

L'ardente nuée
Sur vous s'est ruée.

Quel beau style, *s'est ruée!* Il y a là quelque analogie avec le coup de pied de l'âne.

Et ses larges gueules
Sur vos têtes seules
Soufflent leurs éclairs

Quelle belle image que *cette large gueule !*

Quid dignum tanto feret hic promissor hiatu ?
(Horace.)

Ce peuple s'éveille
Qui dormait la veille
Sans pensér à Dieu.

Ce peuple s'éveille, donc il dormait ; *il dormait la veille,* donc il ne dormait pas pour le moment ; je crois que le poëte a fait ce beau raisonnement entre deux sommeils, *sans penser au sens.*

Se peut-il qu'on fuie
Sous l'horrible pluie?
Tout périt, hélas !

Ordinairement cette tournure exclamative, *se peut-il?* peint l'étonnement qu'on éprouve en voyant se faire une chose qu'on jugeait impossible ; ici le poëte l'applique au contraire à cette fuite qni n'a pu se réaliser, puisque tout périt. Il n'est ni prudent ni intelligible de changer les idiotismes d'une langue. Mais j'oublie toujours que c'est de l'hébreu ; pardon, M. Victor, mille pardons !

Le feu qui foudroie
Bat les ponts qu'il broie,
Crève les toits plats.

Oh ! oui, c'est bien *plat.* Mais le style se colore ; nous voyons *de rouges éclats, un flot vert et rose, une tunique blanche sur le soufre bleu.* Oh! que c'est beau! Oh! que c'est beau!!!... Seulement je n'aime pas trop que *le soufre arrose un flot vert et rose*, parce que le soufre n'a pas l'habitude d'arroser, et qu'il est aussi inutile d'arroser un flot que de *porter du bois dans une forêt*, comme dit Horace, sat. 10, liv. 1, vers 34. Je n'aime pas trop non plus que le feu *fonde comme cire, agate, porphyre, pierres du tombeau*, ni qu'*il ploie comme un arbre le géant de marbre qu'ils nommaient Nabo.* Je sais bien que *Nabo* ou *Nébo* était un des principaux dieux des Assyriens; mais un *nabot* est aussi un pygmée, et je fuirais toujours jusqu'à l'apparence d'une antithèse qui pourrait faire rire mes lecteurs. Je ne voudrais pas aussi voir une pierre qui, par l'action du feu, *fond et s'efface comme un glaçon froid*, d'autant plus que je suis intimement persuadé que bien rarement un glaçon est chaud. Enfin, le grand-prêtre *dont la tiare prend feu comme un phare;* hommes, femmes, toute la foule maudite des deux villes, qui, avant de brûler, veut encore faire au moins une antithèse, dernière consolation des malheureux, et croit *voir l'enfer dans les cieux*, tout périt. Mais le poëte est encore debout sur ces ruines; il entend un bruit *si profond, qu'il troubla jusqu'à ces peuples sourds qui vivent sous la terre;* je crois qu'il veut parler des ombres des morts, et *les morts qui vivent* font encore une belle antithèse. Il voit le feu *frapper ces dieux muets, dont les yeux de granit soudain fondaient en pleurs de lave.* Oh! je le crois bien; le sphinx de granit rose eût baissé la paupière s'il eût été là. Enfin, il voit *sur les débris éteints s'étendre un lac glacé qui fume comme une fournaise*, et puis c'est tout. Belle conclusion, et digne non-seulement de l'exorde, mais de la narration, de la confirmation, de toutes les parties enfin de cette éloquente mosaïque de poésie! *Un lac glacé qui fume* vaut bien un *nuage noir qui est pâle,* et un peuple qui *s'éveille du sommeil qu'il ne dormait pas.* Ah! M. Victor, *dormez votre sommeil* sur un si bel ouvrage! Vous n'avez qu'un petit accident à craindre, c'est qu'après avoir pris *le feu du ciel* pour allumer la Sodôme que vous avez créée, vous ne sentiez bientôt la critique acharnée sur vos pensées, si fécondes en supplices pour vos lecteurs et peut-être aussi pour vous-même. Consolez-vous cependant, Prométhée de la littérature, vos Aristarques ne sont pas impitoyables comme les dieux des enfers; ils ne veulent pas la mort mais la conversion du pécheur, et ils sont en droit d'exiger de vous une réparation poétique, qui doit être et facile pour vous et consolante pour la gloire des lettres françaises.

Excusez, cher ami, toutes mes longueurs; il y a beaucoup de ma faute et un peu de celle du sujet. Je ramasse toutes ces feuilles éparses sur ma table; je vous envoie ce tas de broussailles déjà atteintes du feu du ciel; et si vous aimez aussi les antithèses, vous en allumerez le feu de votre cheminée, tandis que je quitte le coin de la mienne pour aller demander aux premiers rayons de notre soleil de printemps des pensées plus douces, plus riantes et plus naturelles.

QUATRIÈME LETTRE.

(Canaris.)

6 février 1829.

Adieu, ma paisible retraite! adieu, aimable compagnie de mes loisirs, Horace, Virgile, Boileau, Racine! Belle nature, belle poésie, adieu! Je m'embarque sur les mers avec le romantisme. Mais ne craignez rien pour moi, cher ami, de cette traversée hasardeuse. Éole, en faveur de votre amitié pour moi, *enchaînera tous les vents, excepté l'Iapix.*

Mon pilote a le projet de me signaler l'immortel brûlot de Canaris. Je vais donc parcourir les mers de la Grèce. Puissions-nous être plus heureux dans ce voyage que dans celui de Gomorrhe! Je le croyais à mon embarquement; quand le patron m'annonça Canaris, je m'attendais à voir un costume de poésie grecque; mais non : je ne vois avec lui dans tout le voyage qu'une revue de tous les pavillons du monde, et je crois retrouver encore quelque chose de la confusion de Babel. Nous partons d'abord par un vent qui souffle si longuement, que c'est à perdre haleine ; car, pour parler sans figure, la première phrase de la pièce n'a rien moins que trente-six vers pour en compléter le sens. Il y a bien un point après le vingt-huitième et un autre après le trente-deuxième, mais le vingt-neuvième commence par ces mots : *Puis il pend au grand mât,* et le trente-troisième par ceux-ci : *Et c'est alors*, deux conjonctions qui ne nécessiteraient qu'un point et virgule. Horace commence aussi son ode IIIe du liv. IV, *Qualem ministrum,* par une seule phrase de vingt-huit vers ; mais Horace écrit dans une langue où le nombre était une beauté, et ses vers sont aussi plus courts que ceux de M. Victor. Mais ne chicanons pas trop là dessus, et voguons en pleine mer. Un combat vient de se livrer, et le vainqueur suspend son pavillon au vaisseau vaincu. Je ne connaissais pas encore cet usage naval et national tout ensemble, et c'est ce que mon pilote a la complaisance de m'expliquer. Mais comment me l'explique-t-il ? Il me dépeint longuement l'agonie du vaisseau prisonnier ; il ne me fait grâce d'aucune de ses convulsions, il *dérive en pleine mer;* ses *voiles carrées pendent le long des mâts par les boulets de fer largement déchirées :* il craignait sans doute que j'ignorasse que les voiles sont ordinairement carrées et les boulets de fer ; j'approuve cependant le *largement déchirées,* quoiqu'il ne vaille pas, à mon avis, le *largement souffletées* de la satire des femmes ; mais enfin il pouvait dire, d'après la forme des boulets, *rondement déchirées,* et ce qu'il a dit est conçu plus largement. Reconnaissons toujours le bien où il se trouve. Mon narrateur poursuit :

> Ancres, agrès, voilures,
> Grands mâts rompus, traînant leurs cordages épars
> Comme des chevelures.

Il me semble qu'il fallait, pour l'exactitude de la langue,

dire : on n'y voit que des morts, des ancres, des agrès, etc., à moins qu'on n'ait voulu laisser penser que ces morts tombés sont les agrès, les voilures et les mâts. Mais non; je suis bien simple de croire qu'il faille s'inquiéter de l'exactitude du langage : c'est encore une vieille routine; nous nous en corrigerons avec le temps et les *Orientales.* Puis je vois ce vaisseau romantique *qui tourne comme une roue,* et *vogue comme un corps palpitant* et *comme un grand poisson mort,* comparaisons fort poétiques; puis *un flux d'hommes qui roule, la mer qui monte, les canons qui nagent, le colosse qui ouvre sa blessure, la galère qui saigne, l'ancre qui foudroie, l'air qui ronge un drapeau, un reflet qui s'élargit, des peuples qui étalent, des couleurs qui ondulent.* Oui, mon ami, le pilote m'a montré tout cela; j'ai vu pis encore, j'ai vu *un flot marin,* chose étonnante sur mer! *une blessure béante,* dont je suis encore tout stupéfait; *une galère géante,* comme j'avais vu, et en Égypte, une ville *géante,* et à Babel des vautours *géans,* et à Sodome un Nabo *géant;* j'ai vu l'*onde verte*, et plus loin le *flot noir*; j'ai vu l'*ancre noir;* et, après tant de noirceurs poétiques, je n'ai pas été peu surpris de voir *étaler les couleurs les plus fières, et la pourpre, et l'argent, et l'azur onduler aux plis de leurs bannières.* Après cet appareil tricolore, je vois passer sous mes yeux tous les blasons légitimes ou indépendans du monde. Malte, Venise, Naples, l'Espagne, Rome, Milan, la France, la Turquie, l'Amérique, l'Autriche, la Russie et l'Angleterre, quel panorama! quelle encyclopédie! Ne faites pas attention à l'ordre relatif de chacun de ces noms : voulez-vous de l'ordre sur les flots agités? voulez-vous de l'ordre dans des vers romantiques? Mais voulez-vous entendre l'harmonie du détail? Écoutez : *Le pavillon de Naple est éclatant dans l'air : Naple est éclatant dans,* entendez-vous? Écoutez encore : *Espagne peint aux plis des drapeaux : peint aux plis,* entendez-vous? Ecoutez encore : *Rome a les clefs; Milan, l'enfant qui hurle encor dans les dents de la guivre : les clefs; Milan l'en... qui hurle... dans les dents.* Entendez-vous? entendez-vous? quelle harmonie! Et *Stamboul la Turque*, et *trois blanches queues,* et *l'aigle étrange,* et l'autre *qui des czars suit la loi, et en tient un dans sa serre*, quelle douceur dans ces dentales et gutturales! quel nombre dans ces monosyllabes! quel atticisme! quel euphémisme! quel romantisme! quel barbarisme! Mais, au milieu de ces *flots amers* (épithète très-neuve, comme tout le monde peut s'en apercevoir), au milieu de ces *flottes blasonnées* (titre qui ne donne pas plus de noblesse au vers qu'aux flottes mêmes), je demandais à mon guide de récompenser ma patience par le spectacle du pavillon de Canaris, unique objet de notre voyage sur ces mers, lorsqu'il se contenta de me dire :

Mais *le bon Canaris*, dont un ardent sillon
Suit la barque hardie,
Sur les vaisseaux qu'il prend, comme son pavillon,
Arbore l'incendie.

Je vous l'avoue, cher ami, cette bonté de Canaris m'a touché l'âme. Je n'ai pu voir sans une profonde sensibilité ce *pavillon d'incendie*. Non, tous les capitans-pachas de *Stamboul la Turque* même avec leurs *trois blanches queues* ne fuiront jamais à la vue de ce *bon Canaris* avec plus d'empressement que je ne le fis moi-même à ce spectacle; nous fîmes force de voiles et de rames pour rentrer au port; là je quittai mon pilote, en lui promettant toutefois de revenir bientôt faire avec lui un voyage sentimental au sérail de Stamboul la Turque : c'est une faiblesse de ma part, j'en conviens; mais avouez aussi qu'il y en a un peu de la sienne. Vous voyez cependant que je n'ai pas fait naufrage, quoique je me trouvasse en assez mauvaise compagnie. Vous direz peut-être, comme le tyran de Syracuse, que les dieux protégent quelquefois la navigation des sacriléges; et moi je vous répondrai que l'application de cette parole n'est pas entièrement juste, car mon compagnon de voyage n'avait assurément pas pillé le temple d'Apollon à Delphes.

CINQUIÈME LETTRE.

(Les Têtes du Sérail.)

8 février 1829.

Vous allez, cher ami, me trouver bien expéditif; me voilà déjà revenu de Constantinople. Ce n'est pas ma faute, je vous assure, si je n'ai pu y rester plus longtemps, ni si j'ai fait la route avec tant de vitesse. Comment ne pas aller vite avec un conducteur romantique? Ne savez-vous pas que ces messieurs n'ont besoin ni de bons chevaux ni de bons vents pour atteindre de suite leur but? Ils savent bien se passer de Pégase et de la nature; je crois même qu'au besoin ils se passeraient de bon sens. Et puis comment tenir à un spectacle si dégoûtant? Des têtes sanglantes qui parlent, et dans quelle langue, grand Dieu! Je ne sais si c'est là une de ces couleurs auxquelles le poëte s'est laissé faire; mais pour moi, je n'y suis pas encore fait: je vois que je tiens trop encore à l'alignement de la rue de Rivoli, auquel, dans sa préface, l'auteur renvoie ses Aristarques passés, présens et futurs; cependant j'aime aussi les rochers des Alpes, qui ne sont pas au cordeau ; ce qui veut dire que les merveilles de l'art et de la nature sont assez de mon goût, et ne sont pas trop du goût de ces messieurs, témoins ces *têtes du sérail*, qui sont un véritable plat de leur métier. Je vais un peu vous le faire goûter, cher ami. Il n'y a pas trois jours que je l'ai apporté de l'Orient : vous frémirez sans doute à cet aspect, comme à la vue des figues de Carthage ; et quand vous en aurez senti le goût assez étrange, vous vous écrierez aussi, comme Caton : *Delenda est Carthago !* D'abord nous arrivons de nuit à Constantinople. Mon drogman ne manque pas de me dire, dès mon arrivée dans le canal : *Le dôme obscur des nuits, semé d'astres sans nombre, se mirait dans la mer resplendissante et sombre.* Sans m'arrêter à contempler *ce dôme qui se mire,* je lui représente qu'il n'y a pas de milieu, qu'il fait jour ou qu'il fait nuit, que la nuit est obscure ou qu'elle est étoilée, que la mer est resplendissante ou qu'elle est sombre ; mon interprète n'en veut pas convenir, et je le vois prêt à me citer pour excuse une belle pièce de contrastes assez connue, commençant par ces deux vers :

Un jour qu'il faisait nuit, le tonnerre en silence,
Par des éclairs obscurs annonçait sa présence.

Après une telle autorité, je suis obligé de passer condamnation, et *n'ose trop approfondir des tigres et des ours, ni des autres puissances, les moins pardonnables offenses.*

La riante Stamboul, le front d'ombres voilé,
Semblait, couchée au bord du golfe qui l'inonde,
Entre les feux du ciel et les reflets de l'onde,
Dormir dans un globe étoilé.

Même contraste : *le front voilé d'ombres*, ce qui veut dire, je crois, dans l'obscurité, et *entre les feux du ciel et le reflet des ondes,* ce qui me semble signifier dans la clarté ; même justification : *un jour qu'il faisait nuit*, etc. Et puis je croyais qu'une terre *inondée* était un peu plus qu'*au bord* de l'eau ; et puis Stamboul *rit et dort* à la fois : c'est que sans doute Stamboul ou mon drogman rêvait en ce moment-là. Bientôt je vois :

Ses dômes bleus, pareils au ciel qui les colore,
Et leurs mille croissans qui semblaient faire éclore
Les rayons du croissant des nuits.

Décidément il fait une belle nuit étoilée et un beau clair de lune, sans que ce dernier astre éclipse trop cependant les autres. Mais ce n'est pas sans peine, cher ami, que j'ai compris les deux derniers vers ; les petits croissans symboliques des mosquées turques semblent faire éclore le croissant de la lune céleste ; c'est-à-dire que la lune..... je me trompe ; c'est-à-dire que les croissans des mosquées..... non pas ; c'est-à-dire que, de même que les poules font éclore..... Tenez, cher ami, parlons sans métaphore ; c'est-à-dire que je ne sais pas trop bien ce que cela veut dire ; mais enfin j'ai toujours compris, cela me suffit, arrangez-vous, vous autres, comme vous pourrez. Continuons. Je vois les *maisons aux toits plats,* absolument comme les *toits plats* de Sodôme, construction fort *plate* à mon avis. Je vois *des moresques balcons en trèfle découpés ;* je ne sais si le sculpteur a trouvé la pierre dure, mais je ne trouve pas le vers trop doux.

Là de blancs minarets dont l'aiguille s'élance
Tels que des mâts d'ivoire armés d'un fer de lance,

Là des kiosques peints; là des fanaux changeans,
Et sur le vieux sérail que ses hauts murs décèlent
Cent coupoles d'étain, qui dans l'ombre étincellent
Comme des casques de géans.

Que penser de *l'aiguille des blancs minarets*, du *fer de lance armant les mâts d'ivoire, des fanaux changeans, des coupoles d'étain, des casques de géans?* Pensez-en ce que vous voudrez, mais je ne pense pas que ce soit bien poétique. Et comment cela peut-il étinceler dans l'ombre, quand il fait clair de lune? Enfin nous voici au sérail! Voyons un peu danser les sultanes *au son des gais tambours*; comme c'est harmonieux! Mais que vois-je! Six mille têtes couronnaient les créneaux de ces murs. Voilà la curiosité orientale que mon drogman voulait me faire connaître. Je m'attendais de sa part à quelqu'un de ces mouvemens d'indignation qu'inspirent les nobles muses de la liberté, du patriotisme et de la gloire; mais que fait-il? Il ne reste pas, il est vrai, insensible à cet affreux spectacle; il s'émeut et par fois avec noblesse et inspiration. Mais quel tour donne-t-il à l'explosion de sa vertueuse colère? Un tour qui peut bien être dans le génie demi-barbare des montagnards de Maïna et des Klephtes belliqueux, mais qu'on aura beaucoup de peine à naturaliser dans notre langue française. Il n'est pas nouveau à la poésie ni à l'éloquence de donner la parole aux morts et d'évoquer les ombres de Jézabel ou de Fabricius. Mais il faut que dans ces créations du génie, la fiction n'ôte rien à la vraisemblance. Quand Hector apparaît à Énée dans un songe, on le voit tout entier depuis sa tête souillée d'une indigne poussière (*causa indigna serenos fœdavit vultus*), jusqu'à ces pieds traversés d'une courroie (*pedes trajectus lora tumentes*); il montre même en parlant ce bras qui n'a pu défendre Pergame; (*si Pergama dextrâ defendi possent, etiam hâc defensa fuissent.*) Quand Eurydice n'est plus qu'une ombre qui échappe à Orphée, elle lui tend encore ses mains impuissantes : *invalidasque tibi tendens, heu! non tua, palmas;* enfin l'ombre de Jézabel paraît se baisser sur le lit de sa fille. Dans toutes ces images, le corps entier du personnage n'est pas indifférent pour l'effet de ses paroles. Comment ici au contraire concilier l'immobilité de ces têtes clouées au sérail, avec le langage tout d'action que le poëte met dans leur bouche? L'esprit est choqué dans les trois discours des héros grecs, de ce démenti continuel que le repos des têtes donne à l'énergie de la parole. Ce défaut est grave, et j'en suis d'autant plus fâché que le sujet pouvait facilement être mieux conçu, et qu'il a plus heureusement inspiré que les autres l'auteur des Orientales. C'est une justice que je me plais à lui rendre; je me plains seulement de ce que ces bonnes fortunes sont trop rares. J'aime ces paroles de Canaris : *Où suis-je? mon brûlot! à la voile! à la rame!* Et celles-ci de Botzaris : *quand un cri m'éveilla : Missolonghi succombe! Je me lève à demi dans la nuit du trépas;* et ces autres du vénérable Joseph : *J'ai crié : venez tous, il est temps, peuple, armée, dans le saint sacrifice il faut nous dire adieu.* Il y a là de l'enthousiasme, de la verve, de la grandeur. Il fallait, avec de telles paroles, me montrer une tête animée, le feu dans l'œil, les cheveux épars, le front menaçant, telle en un mot que la tête de Pierre-le-Grand dans la tempête, et non pas des têtes mortes et froides sur les créneaux du sérail. Je n'approuverai pas non plus des *rocs battus d'éclairs*, ni ces exclamations : *ô capitaines, ô camarades!* ni cette espèce de génitif absolu (pour parler grec ici), *si je reviens, Missolonghi sauvée*; parce qu'on peut penser grec en français, mais qu'on ne doit pas parler grec en français. Je n'aime pas davantage *une bombe qui brise un pont fragile*, parce qu'il est assez ordinaire que ce qui est *fragile se brise.* Cachez-moi *ces os desséchés* qui sont *la dépouille opime* des Turcs! d'abord parce que *dépouille opime* me fait mal à l'oreille, ensuite parce que c'est une pensée romaine, et que je ne vois rien de commun entre Rome et Stamboul; enfin et surtout, parce que je crains que quelque mauvais plaisant, qui saura par hasard qu'*opime* veut dire *grasse*, ne vous reproche la graisse de ces os desséchés. Deux autres raisons m'engagent aussi à voter la suppression des deux vers suivans : *Voilà de Botzaris ce qu'au sultan sublime, le ver du sépulcre a laissé,* c'est-à-dire sa tête, rien que sa tête; 1° ce vers et ce tour sont un peu trop durs, 2° cette pensée est contredite plus bas, où le héros vous dira que *son corps décapité* tressaillit d'allégresse dans la tombe; si le ver n'avait laissé que la tête, que vient faire ici ce *corps décapité?* Quant à la tête de l'évêque Joseph, je ne saurais approuver son début: *ô mes frères! Joseph, évêque, vous salue.* Un évêque qui a su mourir pour sa patrie et pour son Dieu, pourra bien, après son trépas, plaindre son bourreau, au lieu de le maudire; cela est chrétien. Mais qu'il conserve, après la mort, le style d'un mandement; cela est peu orthodoxe en poésie. Le *venin rongeur* de la famine, le *malheur suprême* de Missolonghi, ne me plaisent en aucune manière; quant au mot *suprême*, je connais bien le *supremum Trojæ laborem*, mais *suprême* a reçu dans notre langue une acception différente de celle que lui donnaient par fois les Latins, et il faut, je pense, conserver aux mots leur valeur conventionnelle plus encore que leur valeur étymologique; En parlant du sultan Mahmoud, l'évêque dit : *rien ne marque pour lui les matins et les soirs, toujours l'ennui!* il aura voulu rappeler le mot de Titus : *j'ai perdu ma journée.* Je pense que quiconque voudrait à ce sujet catéchiser un sublime sultan pourrait dire encore mieux : *j'ai perdu ma morale*. Enfin ce Mahmoud *semblable aux idoles qu'ils dorent* (*que ses esclaves dorent*) me semble aussi farouche que ce vers même, et je suis étonné de voir le Parnasse envahi par *l'arrière-ban des chevaliers de Saint-Louis*. Qui aurait jamais pensé voir Ulysse en cette affaire ? Je ne dirai rien de la *Pleïade de héros*, *de la trinité de martyrs* qui complète ce grand tableau des *têtes du sérail*, et j'achèverai ici, cher ami, la relation de mon voyage. Je vous ai déjà montré le *feu du ciel, Canaris*, et *les têtes du sérail;* je vous laisse rêver sur cette *trinité de martyre* que nous avons souffert ensemble ; il me reste une consolation ; c'est l'espoir qu'une grande vengeance viendra satisfaire nos douleurs, et que nous aurons aussi notre Navarin.

SIXIÈME LETTRE.

(Navarin.)

11 février 1829.

Vous avez vu deux Sodômes; vous allez voir deux Navarins : double victoire pour la Grèce et le bon sens; double déroute pour les Turcs et les romantiques, c'est-à-dire pour les barbares. Il me prit même une fantaisie, cher ami; c'était d'envoyer au grand Turc la lettre même que je vous destine; il y aurait trouvé une consolation de son revers à Navarin, et il aurait ri de bon cœur d'une victoire si tristement chantée. Mais je n'ai pas voulu faire ce plaisir à Mahmoud, et je préfère encore *laver ce linge sale en famille.* Heureusement que la voix du poëte ne sera pas l'unique écho du canon de Navarin dans la postérité. Le poëte (et que M. Victor me pardonne une fois pour toutes ce titre que je lui donne si souvent; c'est encore un souvenir du vieil homme que je vénère en lui; mais je ne désespère pas que, dans la riche fécondité de son néologisme poétique, il ne me fournisse un jour des noms moins classiques et moins prosaïques que ceux de poëte et de poésie) : le poëte, dis-je encore, commence par exprimer le regret que Canaris ne se soit pas trouvé à cette bataille; regret mortel qu'il énonce en six strophes plus mortelles encore; en effet admirez un peu ce début :

> Canaris! Canaris! pleure! Cent vingt vaisseaux!
> Pleure! Une flotte entière!... Où donc, démon des eaux,
> Où donc était ta main hardie!

Jusqu'à présent on tâchait de finir une phrase; routine! — *Cent vaisseaux, une flotte entière.....* que font-ils? — Mais ne voyez-vous pas que c'est une réticence : *qui depuis.... Quos ego..?.* — Oui, mais on voit bien ce qu'Agrippine et Neptune allaient ajouter. — Et ne voit-on pas aussi ce qu'il faudrait ajouter ici? Cent vingt vaisseaux, une flotte entière *ont été brûlés*; il est si naturel que cela arrive que ce n'était vraiment pas la peine de sacrifier une beauté au complément d'une phrase. *Démon des eaux*, compliment aussi précis qu'harmonieux et flatteur. Du reste le mot de Henri IV à Crillon pouvait avoir ici son application; mais cette beauté historique et poétique, si l'on veut, se trouve noyée dans un déluge de développemens. A quoi bon quatre strophes pour nous montrer le brûlot de Canaris? Et une cinquième pour répèter encore: *Pleure! aujourd'hui pleure! on s'est battu sans toi!* Poésie lamentable! Lamentable dans la conception, lamentable dans le style! Voici quelques échantillons de la pièce : *jusqu'ici quand la vague soudain s'ensanglantait* (sentez-vous bien ce *s'ensang....*), *s'ensanglantait d'une lueur large et profonde* (avez-vous jamais mesuré la *largeur* et la *profondeur... d'une lueur?*), *si la lame roulait turbans, sabres, voiles, tentes* (ah! voici le catalogue!), *mâts rompus tombés* (j'aimerais mieux *mâts tombés rompus;* chacun a son goût), *vestiges de flotte et d'armée* (vous croyez peut-être que c'est là tout? Et), les *pelisses de visirs*; et les *sayons de matelots*; et les *rebuts stygmatisés de la flamme et des flots*, et ces rebuts stygmatisés qui sont en même temps *blancs d'écume et noirs de fumée*, qu'en dites-vous? Ne croiriez-vous pas voir du blanc d'Espagne et du noir de fumée? Vous voulez des couleurs, on vous en donne; laissez-vous donc faire à toutes celles qui vous viennent. — Mais à propos, la phrase n'est pas finie. — Belle réflexion! Avez-vous oublié le *quos ego?* Cependant rassurez-vous; en voici la suite : *si partait de ces mers d'Egine ou d'Iolchos, un bruit d'explosion* (inversion très-claire; et ce *bruit d'explosion* ou *cette explosion de bruit*, si vous aimez mieux, ne vous semble-t-il pas.... ma foi, mon cher, je veux aussi faire une réticence.)

L'Europe se tournait vers le rouge Orient,
Et sur la poupe assis le nocher souriant,
Disait : C'est Canaris qui passe!

Ne restez-vous pas confondu à cette réponse sublime? Ou peut-être n'êtes-vous pas tenté de sourire comme le nocher? Ce n'est pas tout, la même pensée se reproduit;

Jusqu'ici quand brûlaient au sein des flots fumans,
Les capitans-pachas avec leurs armemens,
Leur flotte dans l'ombre engourdie,
Ton brûlot expliquait tous ces vaisseaux en feu,
Ta torche éclairait l'incendie.

Les capitans-pachas avec leurs armemens font aussi triste figure en mer que cette phrase en poésie; quant à leur flotte, je la laisse se retirer comme elle pourra de son engourdissement, et quiconque m'expliquera clairement ce *brûlot qui explique des vaisseaux* et cette *torche qui éclaire un incendie,* obtiendra de moi une récompense honnête.

Pourquoi, sans Canaris, sur ces flottes, pourquoi
Porter la guerre et ses tempêtes?
On aurait dû l'attendre! Et n'est-il pas de droit
Convive de toutes ces fêtes?

Pourquoi, pourquoi? Belle question! *On aurait dû l'attendre!* Belle réflexion! *Convive des fêtes!* Belle digestion! Mais *Console-toi,* Canaris, reprend le poëte :

La France combat; le sort change;
Souffre que sa main qui vous venge
Du moins te dérobe en échange
Une feuille de ton laurier.

Sa main qui vous venge te dérobe; vous, te, quelle clarté! Et puis il veut que la Grèce chante : *Chantez, si votre voix amère ne s'est pas éteinte à crier.* Assurément si la Grèce chantait sur le ton du poëte, sa voix serait bien amère, et elle s'éteindrait à crier. *Pauvre Grèce! qu'elle était belle pour être couchée au tombeau!* Byron, Byron, où es-tu? Une main, qui se dit ton amie, vient gâter cette figure de la Grèce que tu nous as montrée si belle dans la mort même : tu ne l'avais pas au moins *couchée au tombeau.* Les barbares! ils voudraient l'y replonger. Mais écoutez l'heure de Navarin va sonner pour eux, comme pour les Arabes.

Enfin c'est Navarin, la ville aux maisons peintes,
La ville aux dômes d'or, la blanche Navarin.

Voilà une ville forte... en couleurs. Ne dirait-on pas Arlequin? Puis voici venir les deux flottes :

> L'une s'étend en croix sur les flots allongée,
> L'autre ouvre ses bras lourds et se courbe en croissant;

Voilà des formes allongées et recourbées, et deux bras qui pendent bien lourdement : ne dirait-on pas Polichinelle? Mais ce qui suit ne plaisante pas.

> Écoutez : le canon gronde.
> Il est temps qu'on lui réponde.
> Le patient est le fort.
> Éclatent donc les bordées !

Oui, M. Victor, le public suivra votre conseil; il est temps qu'il vous réponde; il a fait preuve de patience; il vous prouvera sa force : mais si jamais ses bordées éclatent, ce sera dans un style plus naturel que votre exclamation : *Éclatent donc les bordées !*

> Frégates, jetez la mort,
> Et qu'au souffle de vos bouches
> Fondent ces vaisseaux farouches
> Broyés aux rochers du port !

Décidez-vous; les voulez-vous fondre? ne les broyez pas. Les voulez-vous broyer? n'attendez pas qu'ils soient fondus.

> La bataille en feu s'allume,

Si elle est déjà en feu, elle ne s'allume pas; si elle

s'allume, il n'est pas étonnant que ce soit en feu. Et le brûlot frêle qui, *comme un chacal dévore l'éléphant qui lutte encore*, *ronge un navire à trois ponts;* quelle belle image! quelle hardiesse de faire entrer dans un vers un navire à trois ponts! Patience, nous en verrons bien d'autres. Voici l'abordage et la mêlée : *la mêlée a dans sa roue rameurs courbés sur leurs bancs, fantassins pleurant la terre, l'épée et le cimeterre, les casques et les turbans.* Voyez-vous ces fantassins qui pleurent dans la roue de la mêlée, et qui pleurent des casques et des turbans? Voyez-vous, ou plutôt entendez-vous? *La torche insulte à la hache?* Quel dommage de ne pas entendre quelques-unes de leurs invectives; je suis sûr que la torche y met beaucoup de feu, et que la hache lui répond sur un ton bien tranchant; la postérité regrettera ce morceau oratoire que le poëte nous envie par sa précision désolante.

Champs de bataille flottans,
Qui, battus de cent volées,
S'écroulent sous les mêlées
Avec tous leurs combattans.

Voyez-vous ces *champs de bataille battus?* et *ces volées?* et ce pluriel si usité, *les mêlées?* Qu'en pensez-vous?

Tout s'embrase! Voyez : l'eau de cendre est semée.

Convenons que le fait est rare et l'observation curieuse. Ce qui suit vaut mieux :

L'incendie, attaquant la frégate amirale,
Déroule autour des mâts son ardente spirale

Prend les marins hurlans dans ses brûlans réseaux,
Couronne de ses jets la poupe inabordable,
Triomphe, et jette au loin un reflet formidable,
Qui tremble élargissant ses cercles snr les eaux.

A part les *marins hurlans* et surtout *hurlans dans ses brûlans*..., cette strophe peut hasarder la comparaison avec une description parfaitement semblable de l'incendie d'un autre vaisseau amiral :

L'incendie a glissé sous la carène ardente,
Il se dresse à la poupe, il siffle autour des flancs,
De cordage en cordage il s'élance, il serpente,
Enveloppe les mâts de ses replis brûlans;
De sa langue de feu qui s'allonge à leur cîme
Saisit les pavillons consumés dans les airs,
Et pour la dévorer embrassant la victime,
Avec ses mâts rompus, ses ponts, ses flancs ouverts,
Ses foudres, ses nochers engloutis par les mers,
S'enfonce en grondant dans l'abîme.

Eh bien! cher ami, lequel préférez-vous? Chapelain ou Boileau? Victor ou Casimir? Mais voici sans contredit le plus beau. Le poëte s'*allume en feu* lui-même ; il s'anime à la vue de ce grand désastre, et, dans un véritable délire, il s'écrie :

Où sont, enfans du Caire,
Ces flottes qui naguère,
Emportaient à la guerre
Leurs mille matelots?
Ces voiles, où sont-elles?.....
Où sont tes mille antennes,
Et tes hunes hautaines,
Et tes fiers capitaines,
Armada du sultan?.....
Ces chébecs que rassemble
Alger ou Tétuan.....

Nefs par les nefs heurtées
Yachts aux mille couleurs,
Galères capitanes,
Caïques et tartanes ;.....
Adieu, sloops intrépides;
Adieu, jonques rapides ;.....
Adieu, la goëlette ;.....
Adieu, la barcarolle ;.....
Adieu, la caravelle ;.....
Adieu, le dogre ailé,
Le brick dont les âmures
Rendent de sourds murmures ;.....
Adieu, la brigantine ;.....
Adieu, la balancelle ;.....
Adieu, lougres difformes,
Galéaces énormes,
Vaisseaux de toutes formes,.....
L'Yole aux triples flammes,
Les mahonnes, les prames,
La felouque à six rames,
La polâcre à deux mâts,
Chaloupes canonnières,
Et lanches marinières,.....
Bombardes, que la houle.....
Soulève, emporte et roule ;
Que sont donc devenues
Ces galères chenues?
Adieu, ces nefs bizarres,
Caraques et gabarres,
Qui de leurs cris barbares
Troublaient Chypre et Délos!.....

En voilà-t-il? en voilà-t-il? Rien ne manque à cet inventaire fait après le décès de la flotte ottomane, ni les nombreux *item,* traduits ici par *adieu,* ni la confusion des objets inventoriés comme ils se rencontrent, ni la reconnaissance des *sceaux*, ni le papier *timbré;* il ne s'agit plus maintenant que de le faire enregistrer au Parnasse, ce qu'on obtiendra facilement du nouveau directeur que ces messieurs y ont nommé à la place d'Apollon, et qui peut à bon droit garder le surnom de son prédécesseur, *Tymbræus Apollo!* Après cette description de la destruction, que vous appellerez, si vous voulez, la destruction de la description (je ne veux pas chicaner sur l'ordre des mots), le poëte s'écrie : *Silence! tout est fait! tout retombe à l'abîme!* J'aurais mieux aimé : *tout est défait*, vaisseaux et poésie. J'aurais ajouté aussi : *tout retombe à l'abîme*, et j'en serais resté là. Quant à moi, cher ami, j'en resterai là, et sans m'écrier encore avec le poëte : *Ah! c'est une victoire!* exclamation bien sentimentale, et plus loin : *Grèce, Grèce, Grèce, tu meurs!* apostrophe harmonieuse, s'il en fût jamais; je finirai par déclarer que, si la Grèce, comme il le dit, *n'a échauffé jusqu'ici que des cœurs de poëtes*, ce n'est pas assurément le sien; que je ne vois qu'un seul point de ressemblance entre la Navarin de M. Victor et celle des trois amiraux, c'est qu'il y a de part et d'autre beaucoup de bruit, et surtout de fumée; que ces vers, ainsi que les caraques turques, *troublent Chypre et Délos de leurs cris barbares;* et enfin j'adresserais à la muse romantique la vigoureuse apostrophe qu'elle applique à l'Autriche :

Je te retrouve, Autriche! — Oui, la voilà, c'est elle!
Non pas ici, mais là. — Dans la flotte infidèle.
Parmi les rangs chrétiens en vain on te chercha.
C'est bien ta place, Autriche! . . . . . .
Tu préférais ces feux aux clartés de l'aurore.

Puis, continuant mon allocution, j'allumerais un grand feu, j'y jetterais tout l'inventaire de la Navarin romantique, et je dirais à cette muse :

Ouvre les yeux : regarde, Autriche abâtardie,

Que dis-tu de cet incendie?
Est-il aussi beau que le tien?

En attendant ce qu'elle en pourra dire, cher ami, je vous dis toujours ce que j'en pense, sans mettre aucun voile sur ma pensée. A propos de voile, je veux, au prochain courrier, vous en envoyer un de fabrique orientale. Vous verrez comme on travaille dans ce pays-là.

SEPTIÈME LETTRE.

(Le Voile.)

12 février 1829.

Je vous envoie ce *voile* que je vous avais promis ; ne m'en veuillez pas, cher ami, s'il vous arrive un peu en mauvais état, je l'ai reçu moi-même tel que je vous l'envoie ; il sent un peu le vinaigre, comme toutes les étoffes qui nous viennent du Levant ; et j'approuve fort cette précaution sanitaire, sans laquelle toutes ces productions orientales seraient une véritable peste pour notre belle France. Vous pouvez donc vous servir sans crainte de ce *voile;* je vous l'envoie bien et dûment vinaigré et salé. Voulez-vous maintenant en connaître l'histoire ? Je la tiens d'un commis voyageur du Levant, qui, *l'été dernier, en allant voir coucher le soleil* au bord de la mer, le trouva, me dit-il, *d'une façon assez ridicule*, et m'en raconta la tragique aventure de la façon suivante, façon que je vous laisserai qualifier à votre gré, quand vous aurez entendu le récit. Une jeune Turque s'aperçut un soir que ses quatre frères la regardaient de travers et les mains sur leurs poignards. Ces quatre regards et ces quatre poignards valaient bien une petite explication fraternelle. Aussi la pauvrette commence en ces termes un interrogatoire dont elle est bien loin de prévoir les suites :

Qu'avez-vous? qu'avez-vous, mes frères?
Vous baissez des fronts soucieux!
Comme des lampes funéraires,
Vos regards brillent dans vos yeux!
Vos ceintures sont déchirées;
Déjà trois fois hors de l'étui,
Sous vos doigts à demi tirées
Les lames des poignards ont lui!

Qu'avez-vous! Qu'avez-vous! Quelle répétition harmonieuse dans la bouche surtout d'une jeune beauté! Mais j'oublie que c'est une beauté turque, et je ne me connais pas assez en barbarie, pour décider la chose. *Vous baissez des fronts soucieux!* Il me semble que c'est plutôt là le signe de la honte ou de la crainte que celui de l'indignation préméditant une vengeance. D'ailleurs comment concilier ces fronts baissés sans doute vers la terre avec ces regards que la jeune sœur voit briller dans le vers qui va suivre? Vous qui êtes sur les lieux, mon cher ami, vous renverrez ce tour de force au grimacier de Tivoli. *Comme des lampes funéraires;* toujours du funéraire, toujours des lampes, toujours des fantômes! Ne serait-ce pas par hasard que le romantisme a la conscience de ce qu'il est, et que, plein de lui-même, c'est-à-dire de ses ténèbres, il répand sans cesse sur ses œuvres la surabondance de sa propre nature? J'ai un projet en tête, cher ami. C'est d'écrire l'histoire de cette nouvelle création de genre; je commencerais la Genèse du romantisme par montrer le diable sortant du puits de l'abîme un jour de sabbat, et s'écriant : *fiat lux! que la lumière soit!* Aussitôt paraîtrait un je ne sais quoi indéfinissable, à la façon des *ténèbres visibles* de Milton, et j'ajouterais gravement : *Et tenebræ factæ sunt : et les ténèbres furent.* Ce serait bien une espèce de sublime. Mais en voici d'un autre genre : *vos regards brillent dans vos yeux.* Admirez un peu ces regards, qui, par le plus singulier des hasards, se trouvent placés dans les yeux! *Vos ceintures sont déchirées ; déjà trois fois hors de l'étui sous vos doigts à demi tirées les lames des poignards ont lui!* Soyons justes ; ces quatre vers sont meilleurs ; il y a image et passion, et je ne conçois de poésie qu'avec cela. Mais de grâce, M. Victor, renvoyez cet étui chez la mercière du coin pour y mettre ses aiguilles, et passez chez le premier armurier pour lui demander un fourreau. — Le premier frère lui répond :

N'avez-vous pas levé votre voile aujourd'hui?

La pauvre fille reprend :

Je revenais du bain, mes frères ;
Seigneurs, du bain je revenais :
Cachée aux regards téméraires
Des Gïaours et des Albanais.
En passant près de la mosquée,
Dans mon palanquin recouvert,
L'air du midi m'a suffoquée;
Mon voile un instant s'est ouvert.

Je revenais du bain, du bain je revenais. Comme la seconde idée vient ajouter de la force et de l'éclat à la première! *Je revenais du bain;* ce n'est pas tout, je faisais plus : *du bain je revenais!* Toutefois voici une bonne gradation : *Mes frères, seigneurs. Comment en un plomb vil l'or pur s'est-il changé?* C'est qu'avec du talent, il est impossible de méconnaître toujours la pureté du goût, et qu'avec un mauvais goût, ces éclairs de vrai génie disparaissent trop vite dans les ténèbres. J'aime encore mieux ces autres *regards* tout *téméraires* qu'ils sont, que ceux qui brillent dans les yeux des quatre frères. *L'air du midi m'a suffoquée.* Qu'est-ce donc que l'air du midi, l'air d'un moment de la journée où il n'y en a plus de sensible, surtout à Stamboul la Turque? Passe encore; mais je ne me serais jamais douté que l'air pût étouffer; je croyais bonnement au contraire qu'on étouffait par défaut d'air. Quand je vous dis qu'il y a de tout chez ces messieurs. Nous avons vu de la logique : *les regards dans les yeux;* de la rhétorique; *je revenais du bain, du bain je revenais;* voici de la physique: *l'air qui suffoque et l'air du midi.* Nous en verrons bien d'autres, s'il plaît à Dieu, par le temps qui court.

Le second frère réplique :

Un homme alors passait? Un homme en caftan vert?.....

Si cela ne pèche pas par excès de poésie, du moins il faut avouer que la personne, le temps, l'action, le costume, tout est mentionné avec une précision fort laconique pour un Turc. Quelle était la personne? *Un homme*, et vous ne l'oublierez pas, car on vous le répète deux fois. Que faisait-il? *Il passait.* C'était donc un passant. Quand passait-il? *Alors;* voilà qui est bien précisé. Comment était-il? *En caftan vert.* Cela me rappelle involontairement l'habit de bouracan de M. Denis : *Souvenez-vous-en.*

La parole revient naturellement à la demoiselle turque :

Oui..... peut-être..... mais son audace
N'a pas vu mes traits dévoilés.

Mais vous vous parlez à voix basse !
A voix basse vous vous parlez !.....
Vous faut-il du sang ?..... sur votre âme,
Mes frères, il n'a pu me voir !
Grâce ! Tûrez-vous une femme
Faible et nue en votre pouvoir ?

Les deux premiers vers sont assez purs : *Oui... peut-être ;* embarras de la vierge timide bien rendu par cette affirmation suivie d'un doute ; *son audace n'a pas vu*, tour Racinien, c'est-à-dire poétique ; mes *traits dévoilés*, épithète juste. Mais vous savez que Paul-Émile, comblé des faveurs de la fortune, priait les Dieux de lui envoyer un malheur pour compenser tant de gloire. Je ne sais si le poëte a fait la même prière à son Apollon ; toujours est-il que ce vœu est exaucé ; et après ces deux bons vers en arrivent deux autres qui semblent, comme des pauvres honteux, tendre la main.... à la férule. *Vous vous parlez à voix basse, à voix basse vous vous parlez.* J'ignore ce que les quatre frères peuvent se dire, mais je préfère leur silence à l'éloquente surprise de la sœur. Si elle n'eût dit que ces mots : *mais vous vous parlez à voix basse*, on eût peut-être frémi ; mais quand elle reprend pour dire : *à voix basse vous vous parlez*, on est plutôt tenté de rire ; ce qui est fort mal, j'en conviens, dans un sujet aussi triste ; mais à qui la faute ? Au lecteur ou à l'auteur ? Pourquoi d'un sujet triste fait-il un triste sujet ? *Grâce, tûrez vous une femme faible et nue en votre pouvoir ?* Comme ce verbe *tuer*, au futur interrogatif surtout, est admirable ! *En votre pouvoir.* Comme cette idée est nécessaire pour le sens ! Comme elle est bien placée à la fin ! Comme surtout elle est claire ; *nue en votre pouvoir !* Comme enfin cette pensée dut produire d'effet sur le cœur de ces tigres qu'on appelle ici des frères ! Aussi n'en font-ils pas plus de cas que l'avenir n'en fera de toutes les Orientales. Mais que va dire le troisième frère ?

> Le soleil était rouge à son coucher ce soir!

Otez donc *ce soir*, qui n'ajoute pas beaucoup à l'idée de coucher du soleil qui le renferme, et l'idée produira peut-être quelque effet. Car elle me semble assez dans le génie oriental ; on y voit un peu ce style figuré des Arabes et ce fatalisme superstitieux des enfans d'Omar. Allons, ce n'est pas trop mal ; mais gare la compensation ! Paul-Émile va être exaucé.

Ecoutez le chant du cygne : la sœur s'écrie :

> Grâce? Qu'ai-je fait? Grâce! Grâce!
> Dieux! Quatre poignards dans mon flanc!.....
> Ah! par vos genoux que j'embrasse!.....
> O mon voile! ô mon voile blanc!.....
> Ne fuyez pas mes mains qui saignent!
> Mes frères, soutenez mes pas!
> Car sur mes regards qui s'éteignent
> S'étend un voile de trépas!

Mais le quatrième frère lui répond :

> C'en est un que du moins tu ne lèveras pas.

Et là-dessus la farce est jouée ; la toile tombe et la pièce aussi. *Grâce, qu'ai-je fait, grâce, grâce!* Non, M. le poëte, je ne vous ferai pas grâce, malgré toutes vos grâces. Après ces trois grâces que nous venons de voir dans toute leur nudité poétique, voici venir *quatre poignards* dans toute leur crudité barbare. Le compte est parfaitement juste ;

mais je ne sais si la douleur est si scrupuleuse en fait de calcul. *Et toi aussi, mon fils!* disait César, frappé, après vingt coups, du poignard de Brutus. Qu'aurait-on pensé de César arithméticien, s'il eût dit : *Et toi, Brutus, le vingt et unième! O mon voile! ô mon voile blanc!* Ici j'avoue humblement ma faiblesse. Je ne vois pas trop ce que vient faire ici le voile blanc. Est-ce un reproche à ce voile funeste? Je le concevrais; mais qu'a-t-il besoin pour cela d'être blanc? Est-ce la contrariété de voir ce voile blanc rougi par le sang de sa blessure? Je hasarde cette hypothèse, parce que je connais la prédilection du poëte pour les contrastes. Mais, avouons-le, ce serait pousser un peu loin la coquetterie. Ne serait-ce pas plutôt, toujours par amour de l'antithèse, pour amener le voile du trépas qui est sans doute *bien noir*, qu'on apostrophe ici le voile *blanc?* En tout cas, l'intention serait bien voilée. Non, je crois plutôt, pour l'honneur du poëte, que, s'identifiant avec son héroïne, il est dans le délire de l'agonie, balbutie quelques paroles mourantes sans ordre et sans but, et ne se comprend pas beaucoup plus lui-même qu'il ne se fait comprendre des autres; témoin cette expression : *un voile de trépas*, qui ne peut guère venir qu'à un esprit qui s'en va. Mais je l'entends qui s'écrie : *Ne fuyez pas mes mains qui saignent; mes frères, soutenez mes pas; car sur mes regards qui s'éteignent s'étend un voile de trépas!* Traduisons ceci pour l'intelligence du commun des fidèles :

Blessé de mille traits par une satire acharnée, quoique juste, le romantique demande grâce aux poëtes du bon goût, qu'il ose appeler ses frères, et leur crie : Ne fuyez pas mes vers, que vos critiques ont déchirés, ces vers toujours pleins d'idées saignantes et funéraires! Soutenez, sinon par votre admiration, du moins par votre silence, la marche bizarre de ma poésie poignardée; j'en ai besoin;

car je suis aveugle, mais non pas comme Homère; je suis aveugle par ma faute, je ne me plais que dans les ténèbres; voilà mes regards qui s'éteignent, mes pensées sont toutes couvertes d'un voile épais, ma poésie meurt dans l'ombre, et c'est vous, mes frères, qui me donnez le trépas. Mais un des frères lui répond : Reste sous ton voile ténébreux; tu es condamnée à une éternelle obscurité : *c'est un voile qu'enfin tu ne lèveras pas!* Que dites-vous, cher ami, de ce dernier trait? A mon avis, c'est le meilleur de toute la pièce.

13 février 1829.

P.S. Ne vous étonnez pas, cher ami, si cette lettre vous arrive à un jour de retard sur sa date; en voici la cause innocente. Quand je l'eus terminée, hier dans l'après-midi, je montai sur un âne pour faire un tour de promenade dans nos environs; la soirée était belle, et machinalement, ma bête et moi nous allâmes toujours devant nous. Je m'aperçus enfin que nous étions assez près d'une rivière, dominée par les ruines d'un château gothique. Alors, par une réminiscence toute naturelle, ma pensée, toujours à âne, se reporta vers ces temps chevaleresques qui ennoblirent sans doute ces beaux lieux. Ces souvenirs, ce ciel pur, l'idée de ce *voile* romantique, et je pense, *quelque diable aussi me poussant*, je mis pied à terre, et assis auprès d'un arbre, au tronc duquel j'attachai mon pégase, je me dis à moi-même : pourquoi ne me viendrait-il pas aussi un soir de printemps, *au coucher du soleil, une idée d'une façon assez ridicule?* Et là dessus, l'imagination animée par la présence des lieux et les souvenirs romantiques, je composai une romance, comme on n'en a jamais entendu;

vous me pardonnerez, cher ami, ce mouvement d'orgueil poétique, et quand vous aurez lu ce petit chef-d'œuvre, vous me direz sans flatterie, si ma romance vaut une Orientale, si le disciple n'a pas surpassé le maître, si la copie est digne de l'original. Écoutez : je chante :

AIR : *Partant pour la Syrie.*

Aux bords de la Durance,
Un preux voulait mourir,
Et chantait la souffrance,
Qui le faisait souffrir.
D'une voix attendrie
Il disait dans ses chants :
« Le beau temps et la pluie !
» La pluie et le beau temps ! »

Sur la tour attentive
Isabelle écoutait
La complainte plaintive,
Que l'écho répétait.
Le preux voit Isabelle,
Isabelle, le preux.
— O jour heureux, dit-elle !
— Il dit : ô jour heureux !

« Je te vois donc, ma chère !
» — Oui, mon cher, tu me vois.
» — Que ma peine est légère !
» — Preuve qu'elle est sans poids. »
A ces mots, sans rien dire,
Le chevalier tombant
Tombe, en mourant expire,
Et meurt en expirant !

La belle désolée
D'un si malheureux sort
Élève un mausolée
Pour consoler le mort.

Cette amante fidèle
Survécut peu de temps
A sa douleur mortelle,
Et mourut..... à cent ans.

Comparez, approuvez, blâmez, faites tout ce que vous voudrez; je vous abandonne la romance et le *voile*, et je tâcherai une autre fois de prendre une plus noble monture pour visiter les lieux chevaleresques. Adieu.

HUITIÈME LETTRE.

(Enthousiasme. — Marche turque.)

15 février 1829.

J'apprends en ce moment, cher ami, par les feuilles publiques que nos troupes, qui s'apprêtaient à revenir de Morée, reçoivent contre-ordre pour y rester encore. Je suis sûr que toutes les bonnes têtes politiques de la capitale s'évertuent en ce moment à trouver le motif de cette décision diplomatique. Eh bien, moi, pauvre solitaire, rejeté bien loin du monde dans ma retraite, repoussé encore bien plus loin de la nature par la lecture des *Orientales*, je crois avoir rencontré, dans la quatrième pièce de ce chef-d'œuvre, le motif véritable de la prolongation du séjour de notre armée en Grèce. Si toutefois ce n'en était pas le vrai motif, je vous prierais de me le faire savoir, et je suis prêt à demander pardon au poëte de l'avoir cru capable de communiquer son *enthousiasme* à notre diplomatie, et de n'avoir pas assez remarqué le talent avec lequel il sait refroidir, dans la seconde partie de son poëme, l'ardeur belliqueuse qui l'a saisi dans la première.

Je vais vous en faire juge, cher ami, et vous concevrez à la fois mon erreur et celle du poëte :

En Grèce! en Grèce! Adieu, vous tous! Il faut partir!

Adieu, vous tous! C'est-à-dire qu'il part tout seul; et tout à l'heure il dira : *En Grèce, ô mes amis!.. allons.* C'est-à-dire qu'ils partent tous. Mais j'oublie que c'est de l'enthousiasme; j'aurais dû le reconnaître à l'hémistiche si bizarrement coupé. *Il faut partir, Agnès l'ordonne*, etc.

Ce turban sur mon front, ce sabre à mon côté!
Allons! ce cheval, qu'on le selle!

Mais, monsieur, vous vous trompez. Mettez donc un casque ou un bonnet à poil; les turbans sont aux Turcs, comme la poésie est à Racine; ne prenez donc pas ce qui n'est pas à vous. Pardon, pardon, monsieur; j'oublie toujours votre enthousiasme. *Ce cheval, qu'on le selle!* Langage bien noble; car c'est ainsi que parlerait M. le marquis à son cocher, si celui-ci le faisait trop attendre sur le perron de son escalier. Enthousiasme de marquis rendu d'après nature!

Et nous verrons soudain ces tigres ottomans
Fuir avec des pieds de gazelles.

Comment? *des tigres qui ont des pieds de gazelle!* Mais je n'y pense jamais; enthousiasme! Pur enthousiasme!

De votre long sommeil éveillez-vous là-bas,
Fusils français! Et vous, musique des combats!
Bombes, canons, grêles cimbales!

Voyez-vous, *là-bas?* Oh! que c'est bas! Mais entendez-vous la musique? Il faudrait être bien sourd pour ne pas entendre cette harmonie-là. Et aimez-vous ces *longs pistolets gorgés de balles?* Pas beaucoup, depuis surtout que j'ai entendu parler d'une querelle entre un classique et un romantique, dans laquelle on a fait jouer de part et d'autre ces espèces d'instrumens, ce qui ne faisait pas un *duo* fort agréable; mais cela se conçoit dans un moment d'enthousiasme. Cependant je ne craindrai jamais rien de tel de la part de M. Victor, d'abord parce que

Ma muse en l'attaquant, charitable et discrète,
Sait de l'homme d'honneur distinguer le poète.

et ensuite parce que lui-même est d'un caractère fort pacifique, ainsi que vous pouvez en juger par ce qui suit. Comme s'il se repentait d'avoir déployé tant d'énergie guerrière, il se reprend tout-à-coup, et s'écrie :

. . . . . . Mais quoi, pauvre poète!
Où m'emporte moi-même un accès belliqueux?
Que suis-je? Esprit qu'un souffle enlève,
Comme une feuille morte échappée aux bouleaux
Qui sur une onde en pente erre de flots en flots,
Mes jours s'en vont de rêve en rêve.

Je trouve assez de naturel et d'abandon dans cette strophe; mais il fallait en rester là, et ne pas ajouter deux autres strophes pour nous apprendre des choses telles que celles-ci :

Tout me fait songer : l'air, les prés, les monts, les bois,
J'en ai pour tout un jour des soupirs d'un haut-bois,
D'un bruit de feuilles remuées.....
J'aime un grand lac d'argent, profond et clair miroir
Où se regardent les nuées.....

J'aime une lune ardente et rouge comme l'or,
Se levant dans la brume épaisse, ou bien encor
Blanche au bord d'un nuage sombre;
J'aime ces chariots, lourds et noirs qui, la nuit,
Passant devant le seuil des fermes avec bruit,
Font aboyer les chiens dans l'ombre.

Voilà des goûts assez bizarres. Que doivent penser les nuages en se regardant au miroir d'un lac? Ce qu'on peut penser de ces vers eux-mêmes, qu'il y a là beaucoup de vide et de vapeur, et que tout cela passe en un jour. Laissons donc la lune comparer sa blancheur à la noirceur du nuage, ne faisons pas attention à ces fins de vers poétiques, *ou bien encor, avec bruit*, laissons passer dans l'ombre ces idées *noires et lourdes comme les chariots* qui les soutiennent, oublions que tout cela était de l'*enthousiasme;* et, sans examiner davantage quel motif retient nos soldats en Morée et dirige notre marche diplomatique, voyons un peu comment vont les affaires à Constantinople, et quelle est la méthode d'une *marche turque*, si toutefois l'idée de méthode est applicable aux Infidèles et aux romantiques.

Ma dague d'un sang noir à mon côté ruisselle,
Et ma hache est pendue à l'arçon de ma selle.

Tel est d'abord le refrain répété après chaque couplet de cette chanson barbare. Comment ne pas aimer cet *arçon de ma selle*, et la *hache pendue?* Autre observation. Un refrain doit venir naturellement s'adapter à la pensée finale de chaque strophe; que dira-t-on lorsqu'ici, après le sixième et le septième couplets, le refrain vient interrompre une phrase qui a besoin de trois strophes pour se compléter? Car voici en abrégé la marche de ces trois derniers couplets : *Celui qui ne revient pas chargé de butin, ma dague ruisselle et ma hache pend à ma selle; celui qui ne boit pas tout le vin de Chypre, ma dague ruisselle et ma hache pend à ma selle; celui-là est un lâche, ma dague ruisselle et ma hache pend à ma selle.* Qu'en dites-vous? N'est-ce pas vraiment une *marche turque?* Mais voyons le premier pas de cette *marche.* Le chansonnier turc, qui n'est pas le chansonnier des Grâces, veut faire le portrait du vrai croyant, et voici à quels traits principaux il croit le reconnaître :

Il baise avec respect la barbe de son père;
Il voue à son vieux sabre un amour filial.

N'est-il pas à craindre que la barbe ne soit jalouse du vieux sabre, si l'amour se partage entre ces deux objets? Qu'ils s'arrangent entre eux, c'est leur affaire. La mienne est d'arranger les mots de la langue avec le goût et le bon sens, et je ne vois pas là matière à exercer mon petit ministère pacificateur.

Il porte un doliman percé dans les mêlées
De plus de coups que n'a de taches étoilées
La peau du tigre impérial.

Encore *des mêlées* comme à Navarin. Et l'harmonie imitative du vers suivant, *de plus de coups que n'a de taches étoilées?* Mais, me dira peut-être le poëte, je vous citerais tels vers d'Homère, de Virgile ou de Racine, qui violent aussi cette harmonie qui vous tient tant à cœur. Il est vrai, répondrai-je, que *le bon Homère sommeille quelquefois.* C'est comme si je prétendais que M. Victor n'a jamais fait que des *Orientales.* Je trouve seulement que son sommeil est plus long que ceux de Racine et d'Homère, et qu'il y fait des rêves de gloire, dont je voudrais, si j'avais l'honneur et le bonheur de le connaître, le désabuser et le désenchanter complètement. Et en effet, n'est-ce pas un mauvais rêve, un véritable cauchemar, qui lui arrache des lignes comme celles-ci :

Un bouclier de cuivre à son bras sonne et luit,
Rouge comme la lune au milieu d'une brume;
Son cheval hennissant mâche un frein blanc d'écume,
Un long sillon de poudre en sa course le suit.....
On fait silence; on dit : C'est un cavalier maure,
Et chacun se retourne au bruit.

C'est ce qu'il nous disait tout à l'heure dans son *enthousiasme : mes jours s'en vont de rêve en rêve.* Eh bien, M. Victor, c'est ce qu'il ne faudrait pas. Que voulez-vous que je vous dise? Voulez-vous que j'admire encore *un caftan écarlate* qui brille à mes yeux dans la strophe suivante? Voulez-vous que je voie une belle harmonie dans cet hémistiche : *quand s'est tu le tambour?* ou dans le vers suivant : *qu'il ait sa belle esclave aux paupières arquées?* Voulez-vous surtout que je reconnaisse le vrai croyant, le fidèle observateur du Coran dans un Turc qui, *laissant les imans qui prêchent aux mosquées boire du vin la nuit, ose en boire au grand jour?* Non, vous n'y pensez pas; vous rêvez, vous rêvez. Vous voulez encore *que sa voix enjouée rie, et des cris de guerre encor tout enrouée, chante l'amour.* Assurément *une voix tout enrouée, une voix qui rit,* voilà de ces choses qu'on ne verrait pas en société ni même en poésie, si l'on était bien réveillé.

Qu'il aime mieux savoir le jeu du cimeterre
Que tout ce qu'à vieillir on apprend sur la terre!

Je n'aime guère mieux ce *jeu*-là que les *longs pistolets gorgés de balles.* On peut avec ce jeu, gagner des batailles, mais on ne pourra guère avec ces mots là gagner les suffrages du bon goût. Je voudrais bien qu'on m'expliquât un peu cet *à vieillir* qui me semble passablement obscur. Puis, je vous préviens, cher ami, que ce que vous allez lire est un vers :

> Tel est, comparadjis, spahis, timariots,
> Le vrai guerrier croyant!.....

J'espère que ce vers-là est épouvantablement turc ; en voici un autre qui n'est pas beaucoup plus français :

> Il n'est bon qu'à presser des talons une mule.

Je crois que le poëte, en le faisant, ne piquait pas les flancs d'un pégase. Enfin le vrai croyant se moque du lâche, en disant qu'il marche

> En murmurant tout bas quelque vieille formule
> Comme un prêtre qui va prier.

Sur quoi je me permettrai deux dernières observations. Un prêtre qui récite une formule quelconque ne va pas prier; il prie déjà. Ensuite voilà un vrai croyant qui me semble passablement incrédule ; pourquoi aussi s'appelle-t-il le vrai croyant?

Vous voyez, cher ami, que cette *marche turque* se signale par un assez bon nombre de faux pas, et que *l'enthousiasme* romantique se refroidit singulièrement. Je vais vous en dire la cause. Ce n'est pas à Apollon, c'est à Vulcain que le romantisme va demander ses inspirations.

Ce n'est pas à Delphes, c'est à Lemnos que ces Cyclopes littéraires forgent des vers si durs et *de leurs lourds marteaux martellent le bon sens.* Ne vous étonnez donc pas, si leur marche est en général boiteuse, comme le Dieu qui les dirige, et si par fois Apollon, indigné de ce que par *leurs foudres ils troublent le ciël dans les plus beaux jours*, les perce de ses flèches divines, et laisse ainsi s'éteindre le feu qu'ils soufflaient avec effort dans leurs forges ténébreuses. Aussi leur présence au Parnasse, comme celle de Vulcain dans l'Olympe, excitera-t-elle toujours un rire inextinguible. Adieu, cher ami, je vous laisse rire tout à votre aise.

NEUVIÈME LETTRE.

(Sara la Baigneuse. — Lazzara.)

18 février 1829.

Je me suis éveillé ce matin, cher ami, dans les émotions les plus douces et les plus riantes. Les oiseaux chantaient sous ma fenêtre, l'air était frais et pur; tout enfin me disposait merveilleusement et à l'amour de la poésie et à la poésie de l'amour. Aussi naturellement Virgile arrivait à mes souvenirs avec ces Amaryllis, ces Phyllis, ces Lycoris, aimables figures, noms aussi doux à l'oreille que les vers qui les ont consacrés. Puis Florian m'apportait à son tour son Estelle, sa Galatée, si fraîches, si simples, si naturelles. Je me sentais disposé à aimer toutes ces bergères, et je n'étais embarrassé qu'à trouver la plus belle entre toutes ces belles, quand tout-à-coup deux nouvelles figures se présentent à mes regards et semblent implorer ma préférence. C'étaient deux jeunes femmes venues de l'Orient ou plutôt de la Grèce. Anacréon et Théocrite m'avaient déjà initié dans l'admiration et l'amour des beautés grecques; je fus curieux d'examiner celles qui venaient ainsi s'offrir à mes suffrages. Chacune me présenta une espèce de certificat attestant leur conduite et leurs mœurs; ce papier était signé Victor H...; je l'examinai en détail, et vous approuverez sans doute, cher ami, ma conduite à leur égard, quand vous saurez le contenu de ce certificat oriental. D'abord elles s'appelaient *Sara* et *Lazzara.* Ce n'était plus déjà Phyllis ou Galatée; et puis ce qui vient du Levant a toujours besoin de quarantaine, ne fût-ce que par précaution. Je lus donc d'abord le papier de mademoiselle Sara. J'avais peur de trouver encore du sang, du feu, voire même des caftans au fond de cette affaire. Rassurez-vous, il n'y en a pas, ou bien peu. Je vis d'abord que Sara était *baigneuse de profession*, et *belle d'indolence;* qualité qui, je vous l'avoue, ne me disposa pas trop en sa faveur. Mais voici le texte original :

Sara, belle d'indolence,
Se balance,
Dans un hamac, au-dessus
Du bassin d'une fontaine
Toute pleine
D'eau puisée à l'Ilissus;
Et la fraîche escarpolette
Se reflète
Avec la baigneuse blanche
Qui se penche,
Qui se penche pour se voir.

Je lui fis remarquer l'imprudence qu'il y avait à se pencher deux fois de suite. — Je continuai ma lecture ; je vis qu'on vantait *son beau pied et son beau col*, et je ne fis pas attention si c'était un beau vers; quand je vis à la ligne suivante : *elle bat d'un pied timide*, et à deux lignes de là : *du beau pied rougit l'albâtre*, je pensai que ces trois pieds ne faisaient pas mieux marcher le style. Mais je vis ensuite quelque chose qui me fit trembler pour la moralité de

Sara ; je vis *sortir du bain l'ingénue, toute nue, croisant ses mains sur ses bras.* J'avais peur pour elle ;

Car c'est un astre qui brille
Qu'une fille
Qui sort d'un bain au flot clair.

Comme elle, moi aussi je *cherche s'il ne vient personne.* La pauvrette ! je la vois qui *frissonne toute mouillée au grand air*, ce qui n'est agréable ni pour elle, ni en poésie. Mais heureusement je n'entends pas le *moindre bruit de malheur ;* et quand je dis, *je n'entends pas*, cela veut dire que je ne comprends guère ce *bruit de malheur.* Je ne vois rien qu'une mouche qui vient la piquer, et je la vois tout effrayée, *et rouge, pour une mouche, qui la touche*, *comme une grenade en fleur.* Voyez-vous l'effet que produit ici cette mouche ? Apollon lui-même en rougirait aussi. Je m'aperçois ensuite que le certificat atteste qu'elle a le *regard dans les yeux*, ce qui me fait penser que c'est une chose rare en Orient ; puisque déjà la même remarque a été faite sur les quatre frères dans l'histoire du *voile.*

Dans ses yeux d'*azur en feu*
Son regard que rien ne voile
Est l'étoile
Qui brille au fond d'un ciel bleu.

Par exemple, je remarquai ce trait caractéristique de son signalement ; elle a les yeux bleus et rouges tout ensemble ; je puis vous assurer, cher ami, que le fait est rare. Continuons :

L'eau sur son corps qu'elle essuie
Roule en pluie.....

Comme si gouttes à gouttes
Tombaient toutes
Les perles de son collier.

Elle essuie.... roule en pluie.... des *perles* qui tombent *gouttes à gouttes...* et ce son harmonieux du pluriel : *gouttes à gouttes....* et cette chute : *tombaient toutes...* Que de noblesse ! Que de douceur ! Que de charmes ! J'aperçus ensuite des guillemets. Bon, voici des paroles de Sara ; écoutons si *son langage répondait à son plumage.* « *Si j'étais Sultane*, dit-elle,

« Je prendrais des bains ambrés
» Dans un bain de marbre jaune
» Près d'un trône
» Entre deux griffons dorés.....
» Puis, je pourrais . . . . .
» Laisser avec mes habits
» Traîner sur les larges dalles
» Mes sandales..... »

Elle dit bien encore d'autres choses, mais je veux être plus discret que *Sara la baigneuse.*

Et l'auteur du certificat ajoute noblement : *Ainsi se parle en princesse la jeune fille:* Sur quoi je lui ferai remarquer qu'une princesse bien élevée ne dirait pas qu'elle *prendrait des bains dans un bain*, et qu'elle pourrait *laisser traîner* ses sandales. On concevrait ce langage dans la bouche des princesses de la place Maubert. Je remarquai encore que *sa chemise* était *plissée* (style de blanchisseuse qui aurait besoin d'être lavé) ; je vis aussi la troupe de ses compagnes *qui s'envole* (ce qui m'a paru encore nouveau), mais le certificat finissait par une bien vilaine qualité, qui me refroidit beaucoup à l'égard de mademoiselle Sara.

Toutes ses compagnes se moquent d'elle, et la montrant au doigt, lui font ce mauvais compliment :

Oh ! la paresseuse fille !

Je ne pus pas tenir à ce trait si mordant de malice, et me tournant alors vers Sara, qui attendait en silence ma décision : Je suis bien fâché, mademoiselle, lui dis-je ; vous avez des qualités fort estimables sans doute ; vous vous *penchez* même jusqu'à deux fois pour vous voir balancer, vous avez un *beau pied et un beau col*, vous êtes *rouge comme une grenade, quand une mouche vous pique*, vous avez des *yeux d'un bleu rouge*, et même vous avez *votre regard dans vos yeux*. Mais vous êtes *indolente, nonchalante, peu soigneuse*, et qui pis est, *paresseuse*. Je ne veux pas vous *laisser traîner* plus long-temps ; allez prendre *un bain dans un bain* quelconque, mais je doute que tous les bains du monde vous blanchissent aux yeux de mes compatriotes ; on se connaît trop bien en beauté dans ce pays-ci, pour que la vôtre espère nous séduire. Adieu, *belle princesse* du marché des Innocens. » Quand je fus débarrassé de la demoiselle, je pris connaissance du passeport de la dame Lazzara. Je m'attendais à plus de gravité dans la personne et le caractère d'une femme mariée. Aussi jugez de ma surprise quand je lus ces premières lignes :

Comme elle court ! Voyez ! par les poudreux sentiers,
Par les gazons tout pleins de touffes d'églantiers,
Par les blés où le pavot brille,
Par les chemins perdus, par les chemins frayés,
Par les bois, par les monts, par les plaines ; voyez,
Comme elle court la jeune fille !

Oh ! me dis-je à moi-même, cette jeune fille, mariée à

un Klephte, me semble plutôt une jeune folle; et en relisant ces six lignes qui renferment huit fois le mot *par*, j'eus la tentation d'imiter cette beauté de style, et supposant que j'eusse à peindre une muse bizarre, celle du romantisme par exemple, j'improvisai, après mûre délibération, la strophe suivante :

Comme elle va! Voyez : par les tours les plus durs,
Par l'emploi lourd et lent des mots les plus obscurs,
Par la plus ténébreuse école,
Par les absurdités, par les contrastes plats,
Par le bruit, par le vent, par le galimatias,
Comme elle va la jeune folle!

Pour revenir à Lazzara, quoique ma petite digression ne s'écarte pas trop du sujet,

Elle est grande; elle est svelte!

Ce n'est pas tout-à-fait la girafe que vous voyez à Paris; mais à peu de chose près. *Elle est jeune et rieuse et chante sa chanson.* Je ne vois pas ce qu'il y a de mal à cela; il est assez naturel de chanter une chanson, d'autant plus qu'une chanson se chante assez ordinairement. Mais le tableau se gâte : que vois-je? Madame ou mademoiselle Lazzara.

. . . . . de buisson en buisson
Poursuit les vertes demoiselles,
Elle lève sa robe et passe les ruisseaux!

Oh! ceci est autre chose. Je ne dirais encore trop rien de la voir courir après les vertes demoiselles, c'est un plaisir fort innocent, s'il n'est pas fort poétique. Mais *lever sa robe et sauter les ruisseaux!* Savez-vous bien, Lazzara, que cela n'est pas beau en France pour une demoiselle? Vous me dites que vous le faisiez en Orient, et que vous ne le ferez plus en France; et vous ferez fort bien, car si jamais ici vous méritez quelque chant poétique, cette qualité de relever votre robe pour sauter les ruisseaux ne serait relatée comme un mérite par aucune muse française. Après ce petit sermon, je repris la lecture du certificat. Que vois-je? qu'entends-je?.. Encore... encore... Quelle générosité!... Dieu! cinq strophes! et cela pour m'apprendre qu'Omer-Pacha eût tout donné pour avoir Lazzara! *Omer, pacha de Négrepont* (remarquez, cher ami, que tout cela y est mot pour mot), *pour elle eût tout donné, vaisseaux à triple pont, foudroyantes artilleries, harnais de ses chevaux, toisons de ses brebis, son rouge turban de soie, ses habits tout ruisselans de pierreries, ses pistolets, ses tromblons, ses espingoles, son damas, sa peau de tigre, son carquois d'or, ses flèches mogoles, sa bourse, son étrier, ses trésors avec le trésorier, ses trois cents concubines, ses chiens de chasse et leurs colliers de vermeil, ses Albanais avec leurs carabines, les Francs, les juifs et leur rabbin, son kiosque, ses salles de bain, sa citadelle, sa maison d'été, son cheval blanc avec le frein, et cette Espagnole, envoi du dey d'Alger.* Voilà, j'espère, un trousseau complet: des citadelles, des juifs, des pistolets, des sultanes, des chiens, des chevaux, un rabbin, une ville, une peau de tigre, etc., etc., etc. Il faut l'avouer, voilà de ces générosités qui ne passeraient jamais par la tête d'un Français; il faut être Turc pour cela. Enfin tout ce mobilier n'a pu tenter la vertueuse Lazzara, et c'est un Klephte

Qui l'a prise et qui n'a rien donné pour l'avoir.

Chose beaucoup plus simple et exprimée avec la même simplicité, ainsi que ces deux dernières lignes :

> Un bon fusil bronzé par la fumée, *et puis*
> La liberté sur la montagne.

Et puis je dis à Lazzara, lecture faite du susdit certificat, Madame ou mademoiselle, allez trouver, si vous voulez, le pacha de Négrepont, qu'il vous donne, s'il veut, jusqu'à sa dernière chemise ; pour moi, quel que soit d'ailleurs votre prix, je ne vous donnerai pas un sou, parce qu'un sou vaut cinq centimes, et que je ne vois pas en vous cinq bonnes qualités qui les vaille ; vous savez *courir, chanter, lever votre robe et passer les ruisseaux*, cela ne fait que quatre talens. Tout ce que je puis faire pour vous, c'est de demander à un de mes amis, notaire à Paris, s'il aurait besoin d'un saute-ruisseaux ; je l'assurerais qu'il peut compter sur votre savoir-faire en ce genre. Adieu, Lazzara ! Vous savez courir, tâchez de rattraper Sara, si elle ne s'est pas noyée dans un bain.

Après cet incident, qui me prit une bonne demi-heure de la matinée, je revins à Virgile et à Florian ; Phyllis et Galatée partageront toujours mes amours, n'en déplaise aux *baigneuses* et aux *coureuses*, me fussent-elles même recommandées par une attestation de M. Victor.

DIXIÈME LETTRE.

(Les Adieux de l'Hôtesse arabe. — Les Tronçons du Serpent. — Nourmahal la Rousse.)

21 février 1829.

Comme le temps, cher ami, continue à être beau, les émotions dont je vous parlais dans ma dernière lettre continuent aussi à agiter doucement mes pensées. Mon baromètre est encore au printemps et à l'amour ; mais, de même que le temps peut changer d'un jour à l'autre, de même aussi le cœur humain n'est pas d'une fixité à toute épreuve. C'est une vérité qui, pour être vieille, n'en est pas moins une vérité. Tout en songeant à ces inconstances du sentiment, je fis la réflexion que le génie avait aussi ses caprices, et que, si le poëte n'avait pas été heureux dans la peinture des grâces de l'amour, il le serait peut-être davantage dans celle de ses disgrâces. Je cherchai donc dans les *Orientales* comment se trouveraient dépeintes quelques-unes de ces infortunes, et je m'attachai à la méditation de trois pièces qui traitaient de la jalousie, du regret et de la perfidie. Je vous avouerai toutefois que ce ne fut pas sans peine que je parvins à découvrir dans chaque pièce l'intention qui l'avait produite, et peut-être encore me suis-je trompé. *Les adieux de l'hôtesse arabe* me semblèrent du moins s'adresser à un voyageur jaloux; *Les tronçons du serpent* me parurent les regrets de la perte d'une amante, et *Nourmahal la rousse* le symbole d'une femme adorée mais perfide. Une chose me choqua d'abord dans la composition de la première pièce. Il me sembla qu'il y avait confusion dans les rôles des deux personnages. Le caractère essentiel de l'Arabe est la vie errante et voyageuse, et placer l'idée d'hospitalité, idée qui implique le repos, sur un caractère arabe, c'est, à mon avis, vouloir bâtir sur le sable. Que votre voyageur soit donc un Arabe, et non pas un *blanc;* à la bonne heure, et que votre hôtesse n'ait rien de nomade, puisque ses paroles ne respirent que les goûts sédentaires. Mais écoutons un peu ses paroles :

Puisque rien ne t'arrête en cet heureux pays,
Ni l'ombre du palmier, ni le jaune maïs,.....
Ni de voir à ta voix battre le jeune sein
De nos sœurs, dont, les soirs, le tournoyant essaim
    Couronne un coteau de sa danse,
Adieu, voyageur blanc! . . . .

Je ne connais pas les idiotismes de la langue arabe; il se peut que ce style soit arabe, essentiellement arabe; mais, puisqu'il est ici traduit dans notre langue, il me semble qu'il devrait être un peu plus français. Que dirait de moi M. Victor si je lui disais : Rien ne me plaît dans vos *Orientales*, ni la poésie, ni le style, ni *de vous lire?* ou bien encore : Je déteste vos vers, *dont, les nuits, le pitoyable souvenir trouble l'esprit de son délire?* Adieu Racine! adieu, *voyageur blanc! J'ai sellé de ma main, de peur qu'il ne te jette aux pierres du chemin, ton cheval à l'œil intré-*

pide. Tout en approuvant que cette femme se soit servie de sa main pour seller un cheval, je ne puis approuver que l'écrivain se serve d'une langue pour parler mal, et qu'après ce temps passé, *j'ai sellé*, il mette le présent, *qu'il te jette,* quand il faudrait, *de peur qu'il ne te jetât.* De plus, la réflexion de cette hôtesse me semble fort poétique, ainsi que ces fins de vers qui viennent ensuite : *sa croupe est belle à voir... Ah! que n'es-tu de ceux... Peut-être une de nous... Pour trouver ce hameau... Comme une ruche à miel... Songe un peu quelquefois... Ton souvenir reste à plus d'une... avec un bâton blanc...* Style noble! tours harmonieux! métaphores hardies! Quelle richesse dans ces hémistiches! Et des pensées ingénieuses, en voulez-vous? Connaissez-vous ces hommes *qui donnent pour limite à leurs pieds paresseux leur toit de branches ou de toile?* c'est-à-dire qui ne marchent que sur le toit, et ne vont pas trop au bord. Connaissez-vous ceux *qui, rêveurs sans en faire, écoutent les récits?* c'est-à-dire qui font ce que devraient faire les romantiques. Et ceux qui *souhaitent de s'en aller dans les étoiles?* c'est-à-dire qui, comme certains esprits de nos jours, cherchent la lumière et restent dans les nuages, trop heureux encore s'ils n'en tombaient pas souvent à plat ventre dans les marais du Parnasse. Connaissez-vous aussi ces femmes qui *font, pour chasser de votre front les moucherons méchans, un éventail de feuilles vertes?* Qu'elles prennent les feuilles; je me contente de ramasser les tiges flexibles, de les rassembler toutes et d'en flageller ces vers aussi importuns, aussi méchans que les moucherons. Mais le cheval part, et son *fer arrache aux durs cailloux une poussière d'étincelles.* Il faut être furieusement Arabe pour réduire des étincelles en poussière. *A ta lance qui passe.. Les aveugles démons... Souvent ont déchiré leurs ailes...* Si le fouet dont je m'armais tout à l'heure avait la vertu de la lance du voyageur blanc, toutes ces idées romantiques ressembleraient bientôt à ces pauvres diables aux ailes déchirées. Mais laissons là ces projets de vengeance, et *cette vieille qui va seule et d'un pas tremblant* (vers qui va lui-même comme une vieille femme), et *ceux qui le soir, avec un bâton blanc, tracent des cercles sur le sable*, sans songer qu'il en sera de leurs cercles comme des *Orientales*, et, peu satisfaits de ce tableau de la jalousie voyageuse, cherchons, s'il est possible, quelque dédommagement dans celui du regret, intitulé *les Tronçons du serpent.*

Albaydé, la belle Albaydé, n'est plus. *Albaydé dans la tombe a fermé ses beaux yeux de gazelle.* Depuis ce temps le poëte *veille, et nuit et jour son front rêve enflammé, sa joue en pleurs ruisselle.* Avez-vous jamais entendu le regret s'exprimer en termes aussi dignes de regret? Avez-vous jamais vu *un front qui rêve*, et *une joue qui ruisselle*, et *qui ruisselle en pleurs?* Et pourquoi donc tant de rêves et tant de ruisseaux? *Car elle avait quinze ans!* Ah! je ne m'étonne plus de ces regrets, mais je m'étonne un peu de ce *car;* car il n'est pas ordinaire en poésie, et ici je le vois deux fois dans la pièce; plus bas il est dit : *Car ton Albaydé;* et je trouve ce *car-ton* un peu bizarre. Elle *m'aimait sans mélange.* Boileau aurait dit *sans partage.* Mais il fallait rimer avec ce vers suivant : *on croyait voir un ange.* Eh bien, le poëte aurait dit : *c'était comme une image*, et la poésie n'y aurait ni gagné ni perdu. Je vous vois d'ici, cher ami, curieux et peut-être inquiet de savoir comment introduire dans ces regrets les *tronçons d'un serpent.* Vous êtes encore bien jeune dans l'art de ceux qui se passent de l'art. Vous vous inquiétez de ce qui ne les inquiète guère. L'amant désolé voit *au bord d'un golfe, sur le sable, un serpent jaune et vert, jaspé de taches noires.*

La hache en vingt tronçons avait coupé vivant
Son corps que l'onde arrose,
Et l'écume des mers que lui jetait le vent
Sur son sang flottait rose.

Vous ne direz pas que le style manque de couleur, quand il est jaune, vert, noir et rose tout ensemble. Il ne faut pas non plus vous étonner du verbe *arrose* au présent, quand les autres verbes de la phrase sont au passé, *avait coupé, jetait, flottait*. L'*hôtesse arabe* doit vous avoir accoutumé à cet idiotisme. Mais je ne vous empêche pas d'admirer toutes ces harmonies : *la hache en vingt tronçons..... que lui jetait le vent..... sur son sang flottait rose.* Maintenant voici le rapport de ce serpent au sujet de la pièce. Tandis que le poëte infortuné rêvait, *triste et suppliant Dieu* (de lui inspirer sans doute pour la fin de sa pièce un peu plus de poésie),

La tête aux mille dents rouvrit son œil de feu,
Et me dit : O poëte !

Vous ne vous attendiez pas à celle-là, j'en suis sûr. Vous aviez bien entendu parler les têtes du sérail, mais c'étaient au moins des têtes d'hommes ; ici, c'est bien pis, c'est une tête de serpent qui *ouvre son œil* pour mieux parler. *Horresco referens !* Écoutez ce que dit le serpent :

Ta vie et tes pensées
Autour d'un souvenir se traînent dispersées.
Ton génie au vol large, éclatant, gracieux,
Qui mieux que l'hirondelle
Tantôt rasait la terre, et tantôt dans les cieux
Donnait de grands coups d'aile,

Comme moi maintenant meurt près des flots troublés,
Et ses forces s'éteignent,
Sans pouvoir réunir ces tronçons mutilés
Qui rampent et qui saignent.

C'est bien vrai, pauvre poëte, c'est bien vrai. Le serpent ne t'a pas tenu cette fois un langage perfide, comme autrefois au paradis terrestre; il ne t'a pas promis d'être égal à Dieu, et tu dois savoir maintenant que *dans ce jardin de poésie il y a des fruits défendus.* Tu vois *tes pensées* qui *se traînent*, ton *vol était* trop *large*, tu ne devais ni *raser la terre,* parce que c'est trop plat, ni *donner de grands coups d'aile* quand tu voulais t'élever, parce que tu t'épuisais en vains efforts. *Tes forces s'éteignent, tu rampes, tu saignes, tu meurs.* Et c'est le seul regret que j'éprouve en lisant cette pièce du *Regret.* Voyons maintenant la perfidie de Nourmahal.

Ici, cher ami, j'aurai l'avantage de n'être pas long dans mes observations, non que le morceau soit sans tache, mais parce qu'il n'en a qu'une d'un bout à l'autre. Il s'agit de peindre une femme dont la couleur n'est pas plus attrayante que son caractère; c'est *Nourmahal la rousse*

Qui parle avec une voix douce,
Et regarde avec de doux yeux;

mais dont la société ne plairait pas plus au poëte que celle des animaux les plus féroces. Et là-dessus vous avez le catalogue de toutes les férocités animales. *Le Tigre, la Lionne, le Chacal, l'Hyène, le Léopard, le Basilic, l'Hippopotame, le Boa, l'Orfraie, le Serpent, le Singe, l'Eléphant,* et *toute la sauvage famille, qui glapit, bourdonne et mugit,* tout cela a pu entrer dans quatre strophes de cinq petits vers chacune ; avouez que voilà bien des monstres dans si peu de vers : et que surtout *l'Hippopotame au ventre énorme* et *l'Éléphant aux larges oreilles qui casse les bambous en marchant*, doivent se trouver un peu gênés dans une si étroite ménagerie poétique. Le poëte prétend qu'il serait mieux en pareille compagnie que devant *Nourmahal-la-Rousse* : laissons-le donc avec ses monstres ; *c'est bien ta place, Autriche abâtardie!* Pour moi, je ne trouve pas Nourmahal très-hospitalière, et je ne vois qu'une chose à louer dans ces trois poëmes : c'est leur rapport intime avec leur sujet ; on ne pouvait mieux exprimer les misères de l'amour que par des misères de poésie.

ONZIÈME LETTRE.

(Malédiction. — Les Djinns.)

24 février 1829.

Maudit soit l'auteur dur dont l'âpre et rude verve
Son cerveau tenaillant rima malgré Minerve !

Je suis persuadé, cher ami, que plus d'une fois déjà cette malédiction a échappé à votre bouche, depuis que vous avez médité avec moi ces nombreuses *rudesses et sauvageries d'oraison* (comme dirait Montaigne) que l'auteur des Orientales nous enfonce dans les oreilles. Que direz-vous donc d'un morceau intitulé lui-même *Malédiction ?* Ne serez-vous pas obligé de faire un pléonasme, et de maudire encore la *malédiction ?* Écoutez donc, et tremblez, à moins qu'il ne vous prenne envie de rire. Car il s'agit d'accumuler sur un maudit tous les supplices, et le sourire de la plaisanterie est à chaque instant excité par l'expression du poëte ; c'est-à-dire que l'auteur a eu le rare talent de mettre des paroles risibles sur une musique affreuse. C'est à peu près comme si l'on chantait les imprécations de la sœur des Horaces sur l'air de Cadet Roussel. En effet comment ne pas frémir à la vue d'un homme errant sans cesse dans des solitudes sans fin? *Il y a dans cet isolemeut*, dirait madame de Staël, *une force de douleur qui dépasse toutes les peines de ce monde.* Comment ne pas rire, quand on veut qu'il soit errant *en des sables sans borne où le soleil renaisse sitôt qu'il aura lui?* Ce qui ne veut rien dire, si cela ne signifie pas qu'il fait jour quand il fait jour. Quel spectacle fait pour frissonner, que de voir un malheureux dont le pied glisse au bord des glaciers des Alpes, et qui tombe en poussant un cri dans l'abîme! Quel vers mieux fait pour rire que celui-ci : *il glisse et roule, et tombe, et tombe, et se rattache de l'ongle à leurs parois!* Quoi de plus propre à émouvoir un cœur généreux, que de voir un innocent succomber à un jugement fondé sur l'erreur! Infortuné Calas! Ton nom vient ici mouiller mes yeux de pleurs. Mais c'est à l'éloquence de Voltaire que tu dois ces larmes de la postérité, faible expiation de ton malheur! Et quand la voix de Cicéron fait entendre ce cri de Gavius au milieu des tortures : *je suis citoyen romain*, qui de nous ne frémit encore d'indignation contre Verrès et de pitié pour la victime! Mais ici quand on nous dit : *qu'il soit pris pour un autre; et râlant sur la roue, dise : Je n'ai rien fait! et qu'alors on le cloue sur un gibet en croix!* ne semble-t-il pas voir un écolier qu'un pédagogue prend pour un autre, et qui la main sous la férule dit toujours, ce n'est pas moi, je n'ai rien fait, je ne le ferai plus? O Cicéron! O Voltaire! Donnez donc de la férule à cet écolier qui se justifie si platement. Supposez-vous un instant transporté dans les cachots de l'inquisition espagnole, et là, voyant un malheureux, non pas mourir une fois, mais mourir longuement par tous les raffinemens de la cruauté la plus inouïe, vous détourneriez la tête, vous ne pourriez assister long-temps à cette longue agonie, et vous béniriez la France où l'on n'*assassine* pas *avec un fer sacré*. Mais si l'on vous disait, comme ici, *que*, *visible à lui seul la mort, chauve squelette, rit en le regardant*, et *qu'il vit pour sentir chaque coup de sa dent*, je vous le demande, retiendriez vous assez votre gravité pour ne pas rire en regardant *ce chauve squelette*, et en entendant *chaque coup de sa dent?* Enfin, à ce spectacle curieux, embelli encore par des expressions telles que celles-ci : *la nuit sombre*, *le soleil de flammes*, *la pluie à ruisseaux*, *s'éveille en sursaut*, enrichi même d'une locution nouvelle, puisqu'en parlant de la *nuit de la brune*, il est dit que ce malheureux *la lutte*, ce qui veut dire sans doute qu'il lutte contre elle, dites-moi, cher ami, si cette *malédiction* là n'est pas une véritable malédiction? Nouveau compliment à faire au poëte, comme dans les trois précédentes pièces, pour avoir si bien adapté le genre au sujet, qu'ils n'ont rien à s'envier l'un à l'autre sous le rapport de malédiction.

Mais à propos de maudits et de malédiction, connaissez-vous les Djinns? je vous vois d'ici approcher ma lettre de vos yeux et scander chaque caractère de ce nom. Oui, les *Djinns?* Un *D*, un *j*, un *i*, deux *n n*, et un *s*. — Est-ce une espèce de fruits? — Non; pas tout-à-fait. — Est-ce un *quadrupède*? — Cherchez, — Diable! C'est donc un arbre?—Pas du tout.—Diable! C'est un peuple?—Si vous voulez, mais ce n'est pas cela. — Diable! Diable! Qu'est-ce que c'est donc? — Et parbleu, voilà une heure que vous le dites, avec tous vos *diables*, ce sont des *diables*. — Je ne m'en serais pas douté. — Ni moi non plus. Il en est de cela comme des Tropes de Dumarsais. Quand il fit paraître cet ouvrage intitulé *histoire des Tropes*, tout le monde se demandait le pays de ces peuples-là. Et voilà le désagrément des mots nouveaux. Quoi qu'il en soit des Tropes, parlons un peu des Djinns, et voyons si leur histoire nous réconciliera un peu avec leur nom assez bizarre. Mais auparavant, cher ami, j'ai encore une petite question à vous soumettre. Savez-vous le dessin et la musique vocale? — Quel rapport y a-t-il là avec vos Djinns? — Beaucoup plus que vous ne pensez. Pour bien comprendre cette pièce, il faut savoir dessiner une pyramide montante et descendante, et chanter la gamme, ce qui est encore une mesure ascendante et descendante. Je suppose donc que vous savez tout cela; eh bien, vous savez faire des vers comme ceux des *Djinns.* Donc il faut être bon dessinateur et bon chanteur pour être bon poëte, c'est-à-dire, bon poëte des diables. Car la pièce se compose de quinze strophes: la 1re strophe, de vers de deux syllabes, la 2e de vers de 3 syllabes, la 3e de 4, la 4e de 5, la 5e de 6, la 6e de 7, la 7e de 8, la 8e de 10, voilà le maximum, la base de la Pyramide, ou l'*ut* supérieur de la gamme; à partir de la 9e strophe, chaque strophe décroît d'une syllabe dans la proportion inverse, en sorte que la dernière n'en a que deux comme la première, c'est l'*ut* inférieur et la pointe pyramidale. Ma figure ainsi posée et éclaircie tant bien que mal, je parcours les tons de cette gamme et les degrés de cette pyramide. *Mer, ville, et port, asile de mort, mer grise, où brise la brise; tout dort.* J'aurais préféré, pour moins de bruit encore, ne pas mettre du tout de syllabes; qu'aurait-on pu dire à cela? *L'asile de mort* est sans doute un cimetière; du moins il faut le penser, je ne trouve pas que *mer, ville,* soit une *merveille*; j'aimerais mieux une *sœur grise*, qu'une *mer grise*; car c'est un costume que prend rarement la mer, à moins qu'il n'y ait du brouillard, et il n'en est pas question ici. *Tout dort*; hardiesse poétique! Il faut être en effet bien hardi pour faire dormir la mer quand surtout la *brise* souffle. Et la richesse de cette rime, *brise la brise*, vous n'en dites rien? Le poëte aime assez dans cette pièce surtout des rimes semblables; on y voit rimer *brise* avec *brise*, *rampe* avec *rampe*, *chaînes* avec *chênes*, *grêle* avec *grêle*, *pas* avec *pas*, *vague* avec *vague*. On ne peut pas nier la fécondité de ces ressources poétiques. Et cette *brise* que *brise-t-elle?* C'est là le secret du poëte. — Après ce silence, on entend *naître un bruit. C'est l'haleine de la nuit.* Il faut une oreille bien fine, pour entendre l'*haleine de la nuit*, surtout quand *elle brame*, *comme une âme*, *qu'une flamme toujours suit*; pour prononcer sur la justesse de cette métaphore, j'attendrai que j'aie entendu brâmer une âme suivie d'une flamme; je crains seulement d'attendre bien long-temps. Le bruit augmente, la gamme monte, la pyramide grandit. *La voix plus haute semble un grelot; d'un nain qui saute c'est le galop; il fuit, s'élance, puis en cadence sur un pied danse au bout d'un flot.* C'est comme Paillasse; de plus fort en fort. Entendez-vous ce *grelot* que l'auteur attache à sa muse? Voyez-vous le *galop* de son Pégase *nain*? Et ne prendriez-vous pas ce petit *pied* qui *danse au bout d'un flot*, pour tous ces petits vers des *Djinns* qui dansent sur une pointe pyramidale? Admirable! Mais le bruit devient *comme la cloche d'un couvent maudit; comme un bruit de foule, qui tantôt s'écroule, et tantôt grandit.* Je m'étonne peu que l'auteur *maudisse la cloche* et le couvent. Tout ce qui sent la règle est peu de son goût; mais je crois que son goût n'est pas trop suivant la règle; il y a donc réciprocité d'antipathie. En effet un *bruit qui s'écroule* n'annonce pas un goût très-régulier. — *Dieu! la voix sépulcrale des Djinns!* Ah! les voilà! Voyez-vous, ce sont des espèces de lutins, de revenans, de fantômes; c'est toute cette féérie du moyen âge, cette mythologie du 10e siècle et compagnie; c'est tout cela que le romantisme ressuscite. On s'est plaint quelquefois du vague de cette expression : *progrès des lumières* ; mais ici on ne se trompera pas sur le *progrès des ténèbres ;* ces messieurs y avancent à grands pas. *Quel bruit ils font !* Ce n'est pas moi qui parle maintenant, c'est l'auteur qui dit cela des Djinns, ces romantiques de l'autre monde, qu'il connaît beaucoup mieux que moi, et qui cependant l'épouvantent lui-même ; car il se cache *sous la spirale de l'escalier profond.* Et je trouve qu'il ferait mieux d'aller dans la cave ; ce serait toujours plus *profond* qu'un *escalier.* — Qu'entends-je ? *Les ifs craquent comme un pin.* Dieu ! cela *craque* à faire peur. Et cette comparaison d'un arbre avec un arbre ? Je crois qu'on aurait pu dire sans inconvénient : *les ifs craquent comme des ifs ;* cela est si naturel. C'est comme ensuite *un nuage qui porte un éclair au flanc*, en guise d'épée sans doute ; c'est bien naturel. J'entends quelqu'un s'écrier : *nous les narguons ;* je me retourne, croyant voir un charbonnier qui parlait ainsi ; pas du tout, c'était un poëte ; je ne m'en serais pas douté. Mais la peur excuse tout ; on peut dire alors qu'une *poutre ploie comme une herbe mouillée* et que *la vieille porte rouillée tremble à déraciner ses gonds.* Ce sont de ces choses qu'on ne peut pas dire de sang froid, surtout quand *la maison crie et chancelle penchée* ; la plume a manqué de me tourner, cher ami, ainsi que la langue, et en écrivant *chancelle penchée*, je songeais à *Sancho Pança.* Voyez un peu la distraction que me cause une apparition de Djinns. Il est temps que cela finisse. Ah ! enfin voilà les Djinns qui s'en vont ; car la gamme descend et nous remontons la pyramide à l'envers. Je vois mourir leur *souffle d'étincelles*, comme j'ai senti l'*haleine de la nuit.* Je vois *l'ongle de leurs ailes qui grince et crie à ces vitraux noirs.* Je vous avoue que c'est fort rare de voir des *ailes* qui ont des *ongles*, et des *ongles qui grincent et qui crient.* Aussi je n'en demande pas davantage, et laissant *l'enfant qui rêve faire des rêves d'or*, ce qui me semble un fort beau rêve, et la *plainte presqu'éteinte d'une sainte pour un mort*, chose que j'adorerai si l'on veut, sans trop l'approfondir, j'arrive à la pointe de la pyramide et à la note bien basse d'où j'étais parti, aussi avancé à mon arrivée qu'à mon départ, à peu près comme un imbécile qui croirait aller à Rome en faisant le tour de sa chambre. Ah ! que le poëte aurait mieux fait d'entreprendre le *Voyage autour de sa chambre*, de ne pas écouter les conseils de la *bête*, et de se souvenir plutôt du *vieil homme* dont je vous ai déjà parlé. Mais il a mieux aimé chanter sa gamme et tracer sa pyramide. Je pense, cher ami, que vous serez de mon avis. Cette gamme qui a pu évoquer les *Djinns* des ténèbres du moyen âge ne vaut pas la lyre d'Orphée avec laquelle Virgile retire une seconde fois Eurydice des enfers, et cette pyramide ambitieuse disparaîtra bientôt dans les sables du désert, tandis que les monumens des beaux âges de Périclès, d'Auguste et de Louis XIV, ne périront jamais.

DOUZIÈME LETTRE.

(Grenade.)

28 février 1829.

Il n'est pas aussi facile que vous pourriez le croire, cher ami, de répandre l'intérêt de la variété sur la triste uniformité d'une critique continuelle. Il est même désagréable de ne pas rencontrer au milieu de tant d'idées, si bisarrement associées, deux ou trois accidens de beautés que je puisse admirer même en riant : *quem bis terque bonum cum risu mirer* (*Hor.*). Mais je vous fais juge s'il y a de ma faute ; je n'ai pas eu le malheur de faire les Orientales. Vous le voyez vous-même ; je n'ai pas suivi jusqu'ici l'ordre des pièces de ce recueil ; j'ai cherché dans la variété des sujets de quoi satisfaire ce besoin d'admiration toujours si malheureusement déconcertée. J'ai suivi le poète de Sodôme à Constantinople, de Grèce en Turquie et de Turquie en Grèce ; j'ai passé avec lui des vengeances du ciel à celles de la terre, des jeux de la guerre à ceux de l'amour, de l'hospitalité à la barbarie ; j'ai vu même à sa suite le cortége des enfers ; et, dans cette recherche laborieuse du nouveau monde poétique

que l'auteur semblait me promettre ; je suis encore désespéré de tant d'illusions, et presque découragé à la vue des longs déserts qu'il me reste encore à parcourir. Je les parcourrai cependant, ces déserts. Je veux voir si le romantisme fera quelque miracle, à la façon de ceux de Mahomet; je veux voir, si, comme ce politique aussi habile qu'imposteur, il dira au Parnasse de venir à lui, ou s'il ira lui-même sur le Parnasse. Suivons-le donc où il nous emporte de nouveau. C'est *Grenade* qu'il veut me montrer maintenant; mais pour cela que pensez-vous qu'il fasse? Ce que fait un peintre d'enseigne dans Paris, lorsqu'il trace sur les murs d'un marchand de vins la la longue liste de toutes les villes fameuses par leurs productions bachiques. Vous avez ici, dans sept strophes, tous les noms des principales villes d'Espagne, avec un abrégé des principales beautés qu'elles renferment; c'est le véritable indicateur des rues de Paris, que dans mon dernier voyage j'entendais encore crier sur le Pont-Neuf. Si cela n'est pas excessivement poétique, c'est du moins fort instructif. Vous saurez qu'il y a trente-deux bonnes villes en Espagne, et que chacune est remarquable par quelque chose. *Cadix a les palmiers*, *Murcie a les oranges.* Avis aux confiseurs du Palais-Royal. *Jaën son palais Goth*; architecture et poésie aussi élegante l'une que l'autre. *Agréda son couvent bâti par Saint-Edmond.* Phrase qui n'irait pas trop mal dans une petite Géographie, à l'usage des enfans de l'un et de l'autre sexe. *Ségovie a l'autel et l'aqueduc;* preuve de dévotion et de tempérance. *Llers a des tours*, et rien de plus; ville qui doit plaire aux romantiques; car, n'étant composée que de tours, rien n'y est tiré au cordeau. *Barcelonne lève un phare sur la mer; Tudèle garde le sceptre de fer des rois d'Arragon; Tolose a des forges sombres;* choses fort remarquables sans doute, mais qui le sont un peu moins en poésie. *Fontarabie dort au bord d'un golfe;* laissons-la dormir sur ce vers. *Alicante aux clochers mêle les minarets;* je m'étonne qu'on ait oublié le vin d'Alicante ; mais j'oubliais que nous faisions l'enseigne d'un marchand de vins ; on le devinera donc aisément. *Compostelle a son saint;* ce qui enrichit cette ville beaucoup plus que cet hémistiche n'enrichit la poésie. *Cordoue aux maisons vieilles a sa mosquée;* vieilleries et barbarie tout ensemble. *Madrid a le Manzanarès;* laissons-le à Madrid, et ne le transportons pas au Parnasse. *Bilbao ses murs noirs et caducs*, comme certains vers de ma connaissance. *Médina la chevalière, n'a rien que ses sycomores;* pauvre ville ! pauvre style ! *Valence a les clochers de ses trois-cents églises*, ce qui laisse à supposer qu'elle a des cloches ; c'est une ville qui fera toujours plus de bruit que les Orientales. *Alcantara livre au souffle des brises les drapeaux turcs pendus en foule à ses piliers;* quel bel effet produit ici *cette foule de pendus! Salamanque s'endort aux sons des mandolines et s'éveille en sursaut aux cris des écoliers.* Le siècle de Louis XIV est absolument comme Salamanque ; il s'est endormi aux sons de la lyre de Racine, et il se réveille aux cris des écoliers, c. a. d. des romantiques. *Tortose est chère à Saint-Pierre;* Dagobert l'était aussi à Saint-Eloi, du moins à ce que dit une Orientale de ce temps là. — *A Puycerda, le marbre est comme la pierre;* vous croyez peut-être que l'auteur plaisante ; pas du tout ; vous savez que *les ifs craquent comme des pins;* pourquoi vous étonner que *le marbre soit comme la pierre? Tuy se vante de sa bastille octogone;* il n'y a pas plus de quoi se vanter d'avoir une bastille que de faire ce vers. *Tarragone se vante de ses murs;* il faut bien qu'elle se vante de quelque chose, et il est assez raisonnable qu'une ville ait au moins des murs. *Le Douro coule à Zamore*, mieux que l'Hippocrène dans les Orientales. *Tolède a l'Alcazar Maure; Séville a la Giralda.* Connaissez-vous l'Alcazar? Connaissez-vous la Giralda? Connaissez-vous des vers comme ceux-là? *Burgos de son chapitre étale la richesse.* Privilége que le poëte peut envier à Burgos, s'il veut me permettre d'appeler ses chants des chapitres. *Penaflor est marquise, et Girone est duchesse; Bivar est une nonne aux sévères atours.* Que je suis donc fâché que la sœur Bivar soit là! J'allais faire danser un peu madame la *marquise Penaflor* et la *duchesse Gironne*, et j'aurais prié *la chevalière Médina* et mademoiselle *Pampelune* qui, *avant de s'endormir aux rayons de la lune ferme sa ceinture de tours*, de venir former un quadrille. Mais cette sœur Bivar est si sévère! En vérité, *toutes ces villes d'Espagne* (comme dit l'auteur assez prosaïquement), ne peuvent *disputer sans folie, à Grenade la jolie, la pomme de la beauté;* car il a eu soin d'en composer une mascarade assez ridicule. Mais *Grenade la jolie*, ou comme l'auteur l'appelle encore, *Grenade la bien nommée* (pour moi je ne sais lequel des deux préférer), qu'aura t-elle donc de si remarquable? Ecoutez :

Il n'est rien de plus beau ni de plus grand au monde,
Soit qu'à Vivataubin Vivaconclud réponde.

Voilà, cher ami, ce qu'il y a de remarquable dans cette Grenade... de M. Victor. Vous êtes encore, sans doute, tout étonné de cette verve poétique, de ce trait inattendu! Vous êtes prêt à crier au miracle; vous croyez que la montagne approche de Mahomet ou que M. Victor approche du Parnasse. Détrompez-vous; la gloire de ces deux vers ne lui appartient pas tout entière. C'est, j'en conviens, une heureuse imitation; mais la création appartient à celui, quel qu'il soit, qui le premier a fait ces deux vers sublimes :

> Il fait en ce moment le plus beau temps du monde
> Pour aller à cheval sur la terre et sur l'onde.

Il serait possible néanmoins, que M. Victor n'en ait point eu connaissance; ce ne serait pas la première fois que de beaux génies se seraient rencontrés. Enfin, cher ami, avant de quitter Grenade, vous saurez que *l'Arabie est son ayeule, et que pour elle seule les Maures joueraient l'Asie et l'Afrique.* Vous cherchez le tapis vert qui pourrait contenir l'enjeu; ce n'est pas la peine, Grenade ne veut pas qu'on la gagne; *Grenade est catholique, Grenade se raille d'eux, Grenade, la belle ville.* Après une telle explosion de grenades, comment voulez-vous que je résiste davantage... à l'envie de rire qui me prend, quand je songe surtout à la *duchesse Gironne* et *à la marquise Penaflor.* Nous sommes en carnaval; je viens de vous montrer une assez jolie mascarade; je veux la prochaine fois vous débiter quelques paragraphes du Catéchisme Poissard. Il y a vraiment tant de choses dans ces Orientales, que le choix de la meilleure ne serait pas un petit embarras. Aussi vous me voyez fort peu inquiet du soin de donner la préférence à l'une sur l'autre. Je prends le temps comme il vient, les hommes pour ce qu'ils sont, les Orientales pour ce qu'elles valent, et vous pour mon ami.

TREIZIÈME LETTRE.

(Le Danube en colère.)

2 mars 1829.

Vous savez, cher ami, que l'auteur n'aime ni le château de Versailles, ni la rue de Rivoli; c'est-à-dire qu'il renonce volontiers aux pompes et aux richesses de la poésie. Mais ce que vous ne savez pas, et ce que j'ai appris en lisant sa pièce du Danube, c'est que sa muse est allée loger probablement dans les environs de la halle ou de la place Maubert. J'en avais bien déja entrevu quelque chose, mais son langage l'a trahi dans le Danube. Figurez-vous entendre parler ces nobles dames qui distribuent aux Parisiens les légumes, le beurre, le poisson et les sottises par-dessus le marché, ou à leur imitation, dans les jours de carnaval, ces orateurs ambulans qui les poings sur les hanches, du haut d'un cabriolet comme d'une tribune, débitent aux passans de plates bouffonneries, et vous aurez une idée exacte et complète du langage que tient le *Danube en colère*, et la muse elle-même, dans la première et les deux dernières strophes;

car elles ne tiennent pas au discours, mais elles en sont le digne exorde et la digne péroraison.

Belgrade et Semlin sont en guerre.
Dans son lit, paisible naguère,
Le vieillard Danube, leur père,
S'éveille au bruit de leur canon.
Il doute s'il rêve; il tressaille,
Puis entend gronder la bataille,
Et frappe dans ses mains d'écaille
Et les appelle par leur nom.

Je vous vois, cher ami, comme le Danube; vous doutez si vous rêvez. Rassurez-vous; c'est la muse qui rêve à votre place. Vous voyez donc ce vieux *père Danube* qui s'éveille, qui *tressaille;* vous voyez même ce costume d'*écaillère*, vous allez en entendre le langage. *Il les appelle par leur nom* n'est rien auprès de ce que vous allez lire. Silence, enfans, faites cercle, et écoutez le Danube déguisé en poissarde!

« Allons, la Turque et la Chrétienne!
» Semlin, Belgrade, qu'avez-vous?
» On ne peut, le ciel me soutienne,
» Dormir un siècle, sans que vienne
» Vous éveiller d'un bruit jaloux
» Belgrade ou Semlin en courroux!

Quelle énergie dans ce début! On voit que le Danube est un homme qui connaît bien les costumes, et qu'il s'adresse à deux personnes déguisées, l'une en turc et l'autre en chrétien. Et ce *qu'avez-vous?* n'y a t-il pas de quoi trembler à un pareil ton? Mais voici de la plaisanterie, et de la bonne, j'espère : *On ne peut pas avec vous autres dormir un pauvre petit somme de cent ans!* Ah!

mesdemoiselles, ce n'est pas raisonnable ; vous devriez un peu plus d'égard à votre père, si respectable par ses *écailles* et son langage ; c'est vraiment pitié, surtout d'entendre ce malheureux Danube demander que *le ciel le soutienne.* Et quoi de plus pathétique que ce tour : *On ne peut dormir* sans *qu'on vous* réveille ! Mais ne pleurez pas, enfans, il y a assez de quoi rire.

» Hiver, été, printemps, automne,
» Toujours votre canon qui tonne !
» Bercé du courant monotone
» Je sommeillais dans mes roseaux.
» Et, comme des louves marines,
» Voilà vos longues couleuvrines
» Qui soufflent du feu sur mes eaux !

Quelle folie de réveiller un vieillard qui connaît si bien les quatre saisons, pour l'obliger à parler de la sorte ! *Et voilà vos canons qui soufflent, et qui soufflent du feu, et du feu sur mes eaux !* Ne sentez-vous pas là l'inspiration de Vulcain dont je vous parlais dernièrement? Mais chut, enfans, écoutez donc :

» Ce sont des sorcières oisives
» Qui vous mirent, pour rire, un jour
» Face à face sur mes deux rives.

Belles paroles ! Que pensez-vous de ces sorcières-là? Décidément c'est un farceur que ce vieux Danube ; ce qui n'exclut pas les sentimens paternels qui respirent dans ce qui suit :

» Quoi ! ne pouvez-vous vivre ensemble,
» Mes filles? Faut-il que je tremble?
» Quand vous pourriez, sœurs pacifiques,
» Mirer dans mes eaux magnifiques,

7.

» Semlin tes noirs clochers gothiques,
» Belgrade, tes blancs minarets!

Le conseil est assurément fort sage; le bon père leur donne un *miroir* pour que l'une puisse débarbouiller convenablement ses *noirs clochers,* et l'autre friser ses *blancs minarets;* et au lieu de s'occuper innocemment de leur toilette, ces demoiselles s'avisent de bombarder le miroir. C'est mal répondre à l'attention paternelle. Aussi il commence à se fâcher un peu.

» Trêve! Taisez-vous, les deux villes!
» Je m'ennuie aux guerres civiles;
» Nous sommes vieux, soyons tranquilles.
» Dormons à l'ombre des bouleaux!.....
» Trêve à ces débats de familles!
» Hé! sans le bruit de vos bastilles,
» N'ai-je donc point assez, mes filles,
» De l'assourdissement des flots?

Je suis sûr que la Turque et la Chrétienne ont eu envie de rire en entendant ce fameux, *taisez-vous, les deux villes!* Mais nous autres, ne rions pas; nous ne savons pas encore jusqu'où peut aller la noble *colère du Danube.* On voit bien que cela va devenir sérieux, car il commence à se troubler dans son langage: *Je m'ennuie aux guerres,* peut se dire aux rives du Danube, mais est au moins bizarre aux rives de la Seine. Puis je m'étonne qu'il puisse dormir, même *à l'ombre des bouleaux*, quand ses flots font déjà tant de bruit, d'après son propre témoignage. Mais je ne pensais pas que tout ceci n'était qu'une mascarade; renvoyons la logique et le sens commun à Versailles et dans la rue de Rivoli. Écoutons encore notre écaillère-Danube.

» Une croix, un croissant fragile
» Changent en enfer ce beau lieu :
» Vous échangez la bombe agile
» Pour le Coran et l'Évangile.
» C'est perdre le bruit et le feu.
» Je le sais, moi qui fus un dieu.

Heureusement que c'est le Danube qui parle et qu'il profite de la licence des jours gras ; car sans cela Mahmoud le ferait mettre dans la prison des Sept-Tours pour avoir mal parlé du Coran. Mais nous, Français, nous sommes moins ombrageux, et nous ne pensons pas que cette mauvaise plaisanterie du Danube ait une dangereuse influence sur nos opinions religieuses, parce qu'il y a peu de séduction dans le style de cette pensée. *C'est perdre le bruit et le feu; je le sais, moi qui fus un dieu :* la force de l'idée disparaît dans la faiblesse des termes. Et d'ailleurs qui ne prendrait parti pour cette divinité-écaillère, quand on voit les dieux contre lesquels elle s'emporte qui viennent *sur ses plages*

» Déraciner ses verts feuillages,
» Puis, écraser ses coquillages
» Sous leurs bombes et leurs boulets ?

Le Danube, sous son déguisement de carnaval, veut parler ici en termes métaphoriques ; mais nous, qui savons que c'est simplement une marchande de la halle et une écaillère qui s'est habillée en Danube, nous concevons sa contrariété quand elle voit des petits polissons jeter des pierres sur ses légumes et sur ses huîtres, qu'elle nomme ici des *verts feuillages et des coquillages*. Pardonnons-lui sa petite colère en faveur de ses connaissances historiques et géographiques. Silence, enfans, voici de l'histoire!

» De mon temps, point de ces tumultes!
» Si la pierre des catapultes
» Battait les cités jour et nuit,
» C'était sans fumée et sans bruit.

Quand je dis de l'histoire, vous entendez bien que c'est de l'histoire romantique à la façon du *Petit poucet* et de la *Barbe bleue*. En effet, ne croyez-vous pas voir ce bon vieux Danube, entouré de petits enfans, leur racontant une vieille aventure qui leur fait ouvrir de grands yeux et de grandes oreilles. « Il y avait autrefois, mes petits amis, je vous parle *de mon temps*, une grande et grosse machine qu'on appelait *catapulte* (et les petits enfans se figurent un ogre épouvantable); et alors il y avait bien des batailles, mais ces batailles se passaient *sans tumulte* (et les petits enfans de croire qu'on se battait alors avec de la paille ou des boulettes de papier mâché). Et alors *la pierre des catapultes* donnait de grands coups contre les murailles des villes, *jour et nuit*, hiver, été, printemps, automne (et le petit auditoire croit entendre un tapage effroyable). Pas du tout, mes petits amis, cela se faisait *sans fumée et sans bruit*. Que les temps sont changés! Aujourd'hui on n'allume pas de feu sans que cela ne fume, c'est une infamie; autrefois on faisait tomber une ville le plus silencieusement du monde; nous ne voyons plus de ces choses-là. Et quelle est la morale de tout ceci? Mes enfans, cela vous apprend que l'histoire est une belle chose, quand on sait l'assaisonner de gentillesses qui sentent les bords de la Garonne. » Mais revenons à ceux du Danube, et entendons notre fleuve-dieu, écaillère, historien et géographe tout ensemble.

» Voyez Ulm, votre sœur jumelle.
» Tenez-vous en repos comme elle.

» Tournez vos fuseaux et riez. . . . .
» Voyez Bude, votre voisine ;
» Voyez Dristra, la Sarrasine ;
» Que dirait l'Etna si Messine
» Faisait tout ce bruit à ses piés ?

Voilà, j'espère, de bons exemples à suivre. *La sœur jumelle, la voisine* et *la sarrasine* valent bien *la turque* et *la chrétienne.* Et au moins elles ne cassent ni les vitres ni les huîtres. Elles connaissent la loi salique et ne laissent jamais tomber la guerre en quenouille. Quoi de plus fort pour corriger que l'exemple des autres ! Aussi le bon vieux Danube, dans le torrent de son éloquence géographique, va plus loin, et arrive même en Sicile. *Que dirait l'Etna si Messine faisait tout ce bruit à ses pieds?* Oh ! l'Etna jeterait feu et flamme, et la pauvre Messine n'y verrait que du feu. Le Danube a manqué ici, ce me semble, la citation d'un mémorable exemple. Pompéia et Herculanum furent sans doute deux entêtées comme Semlim et Belgrade, et l'on sait ce qu'en a dit et ce qu'en a fait le Vésuve. Mais l'Etna venait ici plus naturellement à la pensée d'une muse que nous savons fille des Cyclopes.

» Semlin est la plus querelleuse,
» Elle a toujours les premiers torts.

Ah ! je ne m'attendais pas à cela de la part d'une chrétienne. On aime toutefois à voir le Danube impartial, car pour poétique, il y a long-temps que nous n'exigeons plus de lui cette qualité, digne du château de Versailles et de la rue de Rivoli. Que j'aime bien mieux ce Danube qui *me dit d'un ton aisé, doux, simple, harmonieux :*

» Vos mortiers ont tant de fumée
» Qu'il fait nuit dans ma grotte aimée.....

» Le soir, la vapeur de leur bouche
» Me couvre d'une ombre farouche,
» Quand je cherche à voir de ma couche
» Les étoiles à travers l'eau.

Qui peut résister à une harmonie si triste? *Tant de fumée, ma grotte aimée, une ombre farouche*, quel spectacle attendrissant! Pourquoi aussi l'empêcher de *chercher à voir de sa couche les étoiles à travers l'eau?* Je sais bien que la turque ou la chrétienne pourrait lui répondre : Puisque vous les voyez bien à travers l'eau, un peu de fumée de plus ne fera pas grand obstacle. Oui, reprendrait le Danube, cela était bon quand j'étais un dieu, mais aujourd'hui que je ne suis plus qu'une écaillère, je raisonne autrement, et je vous dis que

» Vos palais deviendront masures.

Prophétie du Danube en colère, tu t'accompliras pour les *Orientales,* si tu restes sans effet pour Semlim et Belgrade. Mais voici le grand éclat de la *colère du Danube :*

» Ah! qu'en vos noires embrasures
» La guerre se taise, ou sinon,
» J'éteindrai, moi, votre canon!
» Car je suis le Danube immense;
» Malheur à vous si je commence! »

Et là-dessus il finit son sermon. O saintes colères d'Homère, de Virgile et de Racine, oserez-vous vous comparer à la colère du Danube! Les paroles de l'indignation d'Achille, de Neptune ou du grand prêtre Joad soutiendront-elles le parallèle avec celles-ci : *j'éteindrai, moi, votre canon : malheur à vous si je commence!* Ah! messieurs les romantiques, *rendez grâce au seul nœud qui retient ma colère. Quos ego..... sed motos præstat componere fluctus*; voilà ce que j'opposerai, *moi, à votre canon*. En vain voulez-vous justifier votre Danube; en vain vous vous écriez :

> Certe on peut parler de la sorte
> Quand c'est au canon qu'on répond,
> Que des rois on baigne la porte,
> Lorsqu'on est Danube.....
> Lorsqu'on ronge cent ponts de pierres,
> Qu'on reçoit soixante rivières
> Et qu'on les dévore en fuyant,
> Qu'on a, comme une mer, sa houle,
> Quand sur le globe on se déroule
> Comme un serpent, et quand on coule
> De l'Occident à l'Orient.

Toute cette justification ne vaut pas mieux que ce qu'elle prétend justifier. Il me serait facile de vous montrer la platitude de ce tour : *on peut, lorsqu'on est le Danube,* etc.; le ridicule de cette pensée : *on baigne la porte des rois;* la gasconnade de ces deux idées : *ronger des ponts de pierres, dévorer soixante rivières;* et l'harmonie en général de tous ces vers : *canon qu'on répond, pont de pierre, reçoit soixante, comme une mer sa houle;* mais je passe par-dessus toutes ces critiques, et pour finir par un compliment, ce qui vaut toujours mieux qu'un blâme, je vous dirai en prose. J'ai lu vos *Orientales*, je vous ai entendu parler. *Certe, on peut parler de la sorte, quand c'est à Racine qu'on en veut*, quand on va écouter *à la porte* des marchés le langage qui s'y tient, *lorsqu'on est romantique*, lorsqu'on est capable de *digérer ce qu'il y a de plus dur* dans la langue française, et de *dévorer, en les fuyant, les sources* de Castalie et de l'Hipocrène; que, comme l'Océan, on n'a que du vent et des brouillards; quand on étale ses vers, aussi affreux que des reptiles, sur le journal qu'on appelle *le Globe,* et quand, sorti de *l'Occident,* c'est-à-dire de la grande école du goût, de la nature et de la poésie, on va se perdre dans des mers *Orientales,* avec le fatras le plus grotesque et le plus baroque galimatias.

Mon cher ami, *l'ennui naquit un jour de l'uniformité,* on pourra ajouter et de la lecture des *Orientales.* Vous le voyez, sous des titres divers, c'est toujours la même misère de poésie, le même oubli de la nature, le même outrage au bon sens et au bon goût. Je vous l'ai montré dans seize pièces de ce recueil, qui en renferme quarante-une; c'est plus du tiers de l'ouvrage. J'aurais pu vous en citer une seule et vous dire : *ab uno disce omnes.* J'ai mieux aimé risquer de vous ennuyer plus long-temps, et vous donner une preuve plus forte de la bonne foi du critique et du mauvais goût de l'auteur. Et pour que vous ne vous imaginiez pas que les autres pièces valent mieux, à mon avis, que celles dont j'ai analysé les beautés, je joins à la présente un tableau abrégé de tout ce qu'il y a de plus merveilleux dans les vingt-cinq autres *Orientales.* Il ne vous sera pas difficile de comparer l'exactitude de mes citations avec le texte que vous avez entre les mains. Quant à l'exemplaire que vous m'avez envoyé, j'en trouve l'impression si correcte, le papier si fin, les caractères si beaux, les gravures si fraîches et la couverture si éclatante, que je me propose de le donner pour modèle à mon imprimeur, qui doit prochainement mettre sous presse la collection complète des œuvres et poésies diverses de M. Mathieu Lænsberg. Vous excuserez, j'espère, ce qui pourrait avoir échappé à ma plume d'incorrect dans le style ou de peu sévère dans le choix des plaisanteries. Entre amis, on n'y regarde pas de si près, surtout quand la cause pour laquelle on combat est si noble, si grande et si assurée de la victoire, qu'elle n'a pas besoin pour se défendre d'armes bien préparées et de soldats hérissés de grec et de latin. Nouvel Anarcharsis, voyageur inconnu dans les beaux âges de la littérature, je me suis formé à l'école des grands maîtres; j'y ai puisé l'amour du beau, du vrai, du naturel; mais vous ne vous étonnerez pas non plus si, pour défendre ce précieux dépôt, j'emploie une arme qui se ressent un peu de mon origine sauvage. C'est la flèche du Scythe et du Parthe que je lance aux romantiques en fuyant dans ma paisible retraite.

TABLEAU

Des vingt-cinq Orientales qui restent à analyser.

TITRES.	CITATIONS.	OBSERVATIONS.
(CRI DE GUERRE DU MUPHTI.)	En guerre, les guerriers ! Mahomet, Mahomet, Les chiens mordent les pieds du lion qui dormait ! Ces chancelans soldats qui s'enivrent de vin.	A l'école, les écoliers ! Le romantisme est par fois trop cynique. Chose étonnante que le vin enivre !
(LA DOULEUR DU PACHA.)	Sombre, immobile, avare, il rit d'un rire amer. A-t-il donc ébréché le sabre de son père ? . . . . Ces figures funèbres Qui, d'un rayon sanglant luisant dans les ténèbres.	Vers avare de poésie, et riant d'un rire amer. *Ébréché*, expression admirable ! Quelle harmonie, *sanglant luisant dans !* Quel mot, *luisant !* Quelle idée épouvantable !
(CHANT DES PIRATES)	En mer les hardis écumeurs, Nous allions de Fez à Catane. A nos yeux s'offre tout d'abord. La belle fille, il faut vous taire.	Corsaires attaquant corsaires Ne font pas, dit-on, leurs affaires. C'est-à-dire que le romantisme abordant un sujet de piraterie ne s'y enrichit pas beaucoup.
(LA CAPTIVE.)	Si le long du mur sombre. Au pays dont nous sommes. L'été, la pluie est chaude ;	Sombre harmonie ! Ce pays-là n'est pas Français, sans doute. Quelle merveille !

L'insecte vert, qui rôde,
Luit, vivante émeraude,
Sous les brins d'herbe verts. . . .
Smyrne est une princesse
Avec son beau chapel.
Et comme un riant groupe
De fleurs dans une coupe.
Ces maisons d'or, pareilles
A des jouets d'enfans.
Mon cœur, plein de concerts.
Et la cigogne blanche
Sur les minarets blancs.
J'aime en un lit de mousses
Dire un air espagnol,
Quand mes compagnes douces,
Du pied rasant le sol,
Légion vagabonde,
Où le sourire abonde,
Font tournoyer leur ronde
Sous un rond parasol.
La nuit, j'aime être assise,
Être assise en songeant;
Tandis que pâle et blonde,

Ils sont trop verds, dirait le Bonhomme, *et bons pour des*.... Romantiques.

Comme ce chapeau va bien à madame la princesse Smyrne!

Je n'avais jamais vu des fleurs groupées dans une coupe.

Un riant groupe !!!

Quelle riche comparaison!

Voilà un bal très-économique et très-sentimental.

Admirable variété de couleurs!

J'aime mieux, moi, *sur* un lit de mousses.

Et plus *douces* sans doute que cette ligne-là.

Grâce pour mes oreilles!

Une légion de femmes, et de femmes vagabondes!

Plus qu'ici la poésie.

Cela me semble un peu trop rond.

« Monsieur Malb'rough *est mort*,
« *Est mort* et enterré! »

La pâleur est assez naturelle à une blonde.

La lune ouvre dans l'onde
Son éventail d'argent.

Sans doute pour se donner de l'air ?

(LA SULTANE FAVORITE.)

La fenêtre enfin libre est ouverte à la brise,
La sultane regarde, et la mer qui se brise
Là bas d'un flot d'argent brode les noirs îlots.
Elle écoute.. Un bruit sourd frappe les sourds échos.
Est-ce un lourd vaisseau turc qui vient des eaux de Cos,
Battant l'Archipel grec de sa rame tartare ?
. . . . L'eau, qui roule en perles sur leur aile ?
Est-ce un Djinn qui là-haut siffle d'une voix grêle ?

Richesse de rime ; luxe et indigence.

Broderie à *remettre vingt fois sur le métier.*

Ces deux sourds ne disent pas grand'chose.

Lourd, *Turc*, *Cos*, *Grec*, qu'entends-je? Que vois-je? Que dis-je?

Quatre *R* et quatre *L*; style peu coulant.

Encore un Djinn! Après avoir vu *là-bas*, il fallait bien voir *là-haut.*

(CLAIR DE LUNE.)

Souffre enfin que le reste vive.
Faut-il qu'un coup de hache suive
Chaque coup de ton éventail ?
. . . . A toi le monde,
A toi mon trône, à toi mes jours!
A toi Stamboul! . . . .
A toi, jamais à tes rivales,
A toi Bassora, Trébisonde!
A toi Smyrne et ses maisons neuves,
Le Danube, qui par cinq fleuves
Tombe échevelé dans la mer!

Oui, si le reste valait mieux, M. Victor.

Quelle fureur des analogies!

A toi répété huit fois dans dix-huit vers, me semble un peu trop fréquent, sans parler de la noblesse de ce tout. Et quel ordre! Il donne d'abord le monde, ce qui semble laisser peu de chose ensuite; pas du tout, il donne encore son trône, sa vie, son peuple, des villes, et enfin deux fleuves, le Gange et le Danube échevelé. Admirable gradation! Tout finit par tomber à l'eau.

	Vers	Remarques
	. . . . Juive adorée, Il semble qu'on t'a dorée Avec un rayon du soleil.	Brevet d'invention à M. Victor, pour ce nouveau mode de dorure.
(LE DERVICHE.)	Ali Tépéléni, lumière des lumières,	Quel éloge!
	Dont le grand nom toujours grandit,	Quelle emphase!
	Tu n'es qu'un chien et qu'un maudit.	Quelle sottise!
	Un flambeau du sépulcre à ton insu t'éclaire.	C'est-là ce qu'on appelle du *clair-obscur*.
	Il écouta le prêtre, et lui laissa tout dire.	Trait de bonhomie.
(LE CHATEAU-FORT.)	A quoi pensent ces flots qui baisent sans murmure Les flancs de ce rocher	A quoi va penser le poète?
	Quoi donc! N'ont-ils pas vu dans leur propre miroir,	C'est l'eau elle-même qui fait ici le miroir. Conçoit-on qu'un miroir se voie?
	Que ce roc dont le pied déchire leurs entrailles.	*Les entrailles des flots*. Excellent!
	Ronge, ronge ce roc! Qu'il chancelle! qu'il penche!	C'est un peu dur.
	Et tombe enfin avec sa forteresse blanche	Remarquez que c'est un vers.
	La tête la première, enfoncé dans les flots!	Expressions nobles et distinguées!
	Pour jeter bas ce roc avec sa citadelle.	*Idem*.
	Et sur son front perdu toujours passe et repasse.	*Idem*.
	Que . . . . dans ton lit sombre il dorme!	Inversion merveilleuse!
	Afin que rien n'en reste au monde, et qu'on respire De ne plus voir la tour d'Ali, pacha d'Epire.	Tout ce qui est prose n'est point vers, Et tout ce qui n'est point vers est prose. MOLIÈRE.

(LA BATAILLE PER-	. . . . Mon camp, éblouissant à voir.	*Mirabile visu!*
DUE.)	On eût dit que le ciel sur la colline sombre	
	Laissait ses étoiles pleuvoir.	Voilà de la poésie comme s'il en pleuvait.
	Et poussaient leurs chevaux par les champs de maïs.	*Mot à mot, à travers* les champs.
	Tous ces chevaux, à l'œil de flamme, aux jambes grêles,	Arrêtez-vous un peu à l'hémistiche.
	Qui volaient dans les blés comme des sauterelles.	Métaphore hardie!
	Ils sont morts, dans le sang traînent leurs belles housses,	Je ne les trouve pas si belles.
	Le sang souille et noircit leur croupe aux taches rousses.	Richesse de couleurs et d'harmonie.
	C'est comme si j'avais rêvé.	Sublime!
	Voilà pour bien long-temps une sinistre plaine.	*Pour bien long-temps*, quel pathétique!
	Elle serait ma sœur, ma dame et mon épouse.	Madame l'armée épouserait son frère! Fi donc!
	J'avais de beaux canons roulant sur quatre roues	Le pauvre pacha perd la tête; il fait rouler des canoniers sur quatre roues.
	Avec leurs canoniers anglais.	
	Il faut fuir, moi, pacha, moi, visir à trois queues!	Oui, mais il a perdu sa triple queue à la bataille.
(LE RAVIN.)	De flots de sang chrétien et de sang mécréant,	*Sang, mécréant, baignant!*
	Baignant le cimeterre et la miséricorde,	*La miséricorde se baigne.* Miséricorde!...
	Ont changé tout-à-coup en torrent qui déborde	Encore un *Géant* qui voudrait escalader le Parnasse.
	Cette ornière d'un char géant.	Sous l'Etna, avec les Cyclopes!
(L'ENFANT.)	Un enfant aux *yeux bleus*	Quatre *yeux bleus* dans cette *Orientale* font un bel effet à l'oreille!
	. . . . . . Pour essuyer les pleurs de tes *yeux bleus*.	
	Pour que dans leur azur, de larmes orageux,	Un *azur orageux de larmes!*
	Passe le vif éclair de la joie et des jeux.	Il n'y a pas d'orage sans *éclair*.

Que veux-tu ? bel enfant ! Que te faut-il donner,
Pour rattacher gaîment et gaîment ramener
En boucles sur ta blanche épaule,
Ces cheveux . . . .
. . Qui pleurent épars autour de ton beau front
Comme les feuilles sur le saule ?
Qui pourrait dissiper tes chagrins nébuleux ?
Est-ce d'avoir ce lis, bleu comme tes *yeux bleus*.
. . . . Un bel oiseau des bois
Qui chante avec un chant plus doux que le hautbois.
Ami, dit l'enfant grec, dit l'enfant aux *yeux bleus*.

(ATTENTE.)

Monte, écureuil, monte au grand chêne
Sur la branche des cieux prochaine !
Cigogne aux vieilles tours fidèle,
Oh ! vole, et monte à tire d'aile !
Monte, monte, vive alouette,
Vive alouette, monte au ciel !

(VOEU.)

Si j'étais la feuille que roule
L'aile tournoyante du vent,
Je fuirais, je courrais, j'irais
Chez la blanche fille à l'œil noir,

La muse s'égaye ; rions aussi.

Je n'aime pas plus des *cheveux qui pleurent*, que l'*Égypte qui rit*.

Il fallait bien des nuages avec l'orage.
Yeux bleus !
Qui chante sans doute sur l'air :
« Ah ! le bel oiseau, maman ! »
Encore *yeux bleus !*

« Martin, monte à l'arbre ! »
Prochaine des cieux, nouveau style.
Écrivez ce vers comme il se prononce : *Ovolemontàtire-daile*, et devinez le sens.
J'étais inquiet de savoir où ; mais c'est *au ciel ;* il n'y a rien à dire.

Métaphore empruntée au moulin à vent.
César aurait dû dire aussi : *Vici, vidi, veni.*
Belle antithèse !

	Qui le jour chante à sa fenêtre,	
	Et jone à sa porte le soir.	La blanche fille est bien naïve.
(LA VILLE PRISE.)	La flamme par ton ordre, ô roi, luit et dévore.	*Ordre ó roi!* Cela me prend à la gorge.
	Semble en son vol joyeux danser sur les débris.	J'aime beaucoup *cette danse de flamme.*
	Le meurtre aux mille bras comme un géant se lève.	C'est pire que Briarée aux cent bras.
	Autour de la cité s'appellent les corbeaux.	C'est-à-dire, *les corbeaux s'appellent.*
	Les tont petits enfans, écrasés sous les dalles.	Voyez-vous, c'est une *toute petite poésie.*
(LE SULTAN ACHMET.)	A Juana la Grenadine	
	Qui toujours chante-et badine.	C'est dans le genre de Sara et Lazzara.
	Je ferai ce qui te plaît.	Oui, mais *ce qui te plaît* ne me plaît pas.
(ROMANCE MAURESQUE.)	Il s'assied l'homme superbe;	Style de complainte.
	La haine en feu le dévore.	*La haine en feu* vaut bien le *glaçon froid.*
	Que Dieu répande ses grâces	
	Sur toi, l'écuyer qui passes,	Style renouvelé des dames de la halle.
	Qui passes par le chemin.	C'est-à-dire, *qui passes par le passage.*
	Si c'est là ce qui t'intrigue,	Pensée énergique!
	On m'appelle don Rodrigue,	« Et toi, l'écuyer qui passes,
	Don Rodrigue de Lara.	« Qui passes par le chemin! »
	Je le reconnaîtrais vite.	Expression fière et noble!
	Et je t'arracherai, traître,	
	Le souffle d'entre les dents.	Il n'y a pas de quoi rire; aussi je me retiens.
	Où tu les as mis, suis-les.	Je crois que cela s'appelle des monosyllabes.

(LES BLEUETS.)	Pas qui dans ses murs crénelés	Il y avait plus haut : *Entre les villes il n'en est pas qui.*
	Lève de plus fières bastilles.	Aussi, *pas qui dans* est-il précis.
	Chez le Saint-Père et chez le Roi.	Cela fait un vers.
	Où vers la saint Ambroise il vienne.	*Idem.*
	Les soirs, lorsque l'on danse en rond.	*Idem.*
(LES FANTÔMES.)	Hélas! que j'en ai vu mourir de jeunes filles!	Belle construction de phrase!
	Oui, c'est la vie, après le jour, la nuit livide.	Où faut-il s'arrêter en lisant ce vers?
	L'autre, faible, appuyait d'un bras son front qui penche.	J'aimerais mieux appuyait... *qui penchait.*
	Elle aimait trop le bal; c'est ce qui l'a tuée!	Réflexion admirable!
	C'était plaisir de voir danser la jeune fille!	Scandez plutôt, vous verrez que ce n'est pas de la prose.
(MAZEPPA.)	. . . . Les pas du soir s'allongent	
	Avec ses océans de nuages où plongent	
	Des nuages encor.	Encore des nuages!
	Le soleil . . . . tourne comme une roue	Faites une roue de marbre, dorez-la, et vous ferez tourner le soleil... romantique.
	De marbre aux veines d'or.	
	L'aigle effaré des champs de bataille, et l'orfraie.	Quelle coupe de vers savante!
	. . . . Lorsqu'un mortel, sur qui son Dieu s'étale.	Ce n'est pas trop beau, un *Dieu qui s'étale.*
(RÊVERIE.)	. . . . C'est l'heure où l'horison qui fume.	Je méditerai cela pour le comprendre.
	Cache un front inégal sous un cercle de brume.	

	Quelque ville mauresque, éclatante, inouïe, Mes chansons, comme un ciel d'automne rembrunies. Brumeuse, denteler l'horison violet.	Qu'est-ce qu'une *ville inouïe* ? Encore un vers en prose. Celui-ci n'est ni prose ni vers.
(EXTASE.)	Et les étoiles d'or, légions infinies, A voix haute, à voix basse, avec mille harmonies, Disaient en inclinant leurs couronnes de feu.	C'est de l'extase ; permis alors d'entendre *mille harmonies*, *à voix haute et à voix basse.*
(LE POÈTE AU CALIFE.)	Les rois des nations, vers ta face tournés, Pavent silencieux de leurs fronts prosternés Le chemin qui mène à ton trône.	*Ta face*, et *les fronts qui pavent*, sont des images vraiment neuves.
	Ton sérail est très-grand, tes jardins sont très-beaux ; Tes femmes ont des yeux vifs comme des flambeaux.	On ne peut rien dire de plus fort. Pensée brillante !
	Lorsqu'astre impérial, aux peuples pleins d'effroi Tu luis.	*Lorsqu'astre*. Quelle majesté dans ce tour harmonieux !
	Quand tu parles, calife, on dirait que ta voix Descend d'un autre monde au nôtre. La lune, astre des morts, blanche au fond d'un ciel bleu.	Il ne faut pas prononcer cela trop vite. Variété de couleurs.
(BOUNABERDI.)	Monte, géant lui-même, au front d'un mont géant. A sa gauche, la mer, dont jadis il fut l'hôte, Élève jusqu'à lui sa voix profonde et haute, Comme aux pieds de son maître aboie un chien joyeux.	Nous sommes forts pour les Géans. Que dites-vous d'*une voix profonde*, et de la mer comparée à un *chien* ?

(LUI.)	Grave et serein, avec un éclair dans les yeux. Son œil qui s'éteint roule une larme suprême. Les petits enfans, l'œil tourné vers nos rivages, Son pied colossal laisse une trace éternelle. Qu'il hante du Pœstum l'auguste colonnade.	Comme cet *avec* va bien à l'hémistiche! Je pense que *suprême* veut dire ici *dernière.* Belle coupe : *les petits enfans l'œil.* *Colossal laisse.* Mélodieux! Dis-moi qui tu hantes, la rue de Rivoli ou la rue Mouffetard?
(NOVEMBRE.)	Quand novembre de brume inonde le ciel bleu, Que le bois tourbillonne et qu'il neige des feuilles, Devant le sombre hiver de Paris qui bourdonne, ... et des flots de fumée Qui baignent en fuyant l'angle noirci des toits. Alors éléphans blancs chargés de femmes brunes. Et qu'à dix ans, par fois, resté seul à la brune, Rêveur, mes yeux cherchaient les deux yeux de la lune.	Inondation de brouillards! Tourbillon de bois! Neige de feuilles! Bourdon de Paris. Un angle qui prend un bain de vapeur! Ciel bleu, angle noir, éléphans blancs, femmes brunes, voilà assez de couleurs, j'espère. Eh bien! que croyez-vous que cet enfant, vingt ans plus tard, ait fini par trouver, à force de *chercher les deux yeux de la lune?* Il a trouvé les *Orientales.* Et moi, j'ai cru trouver, dans les yeux du frère de la lune, la colère d'Apollon contre cet ouvrage; et j'ai voulu m'en rendre l'interprète.

FIN.

TABLE.

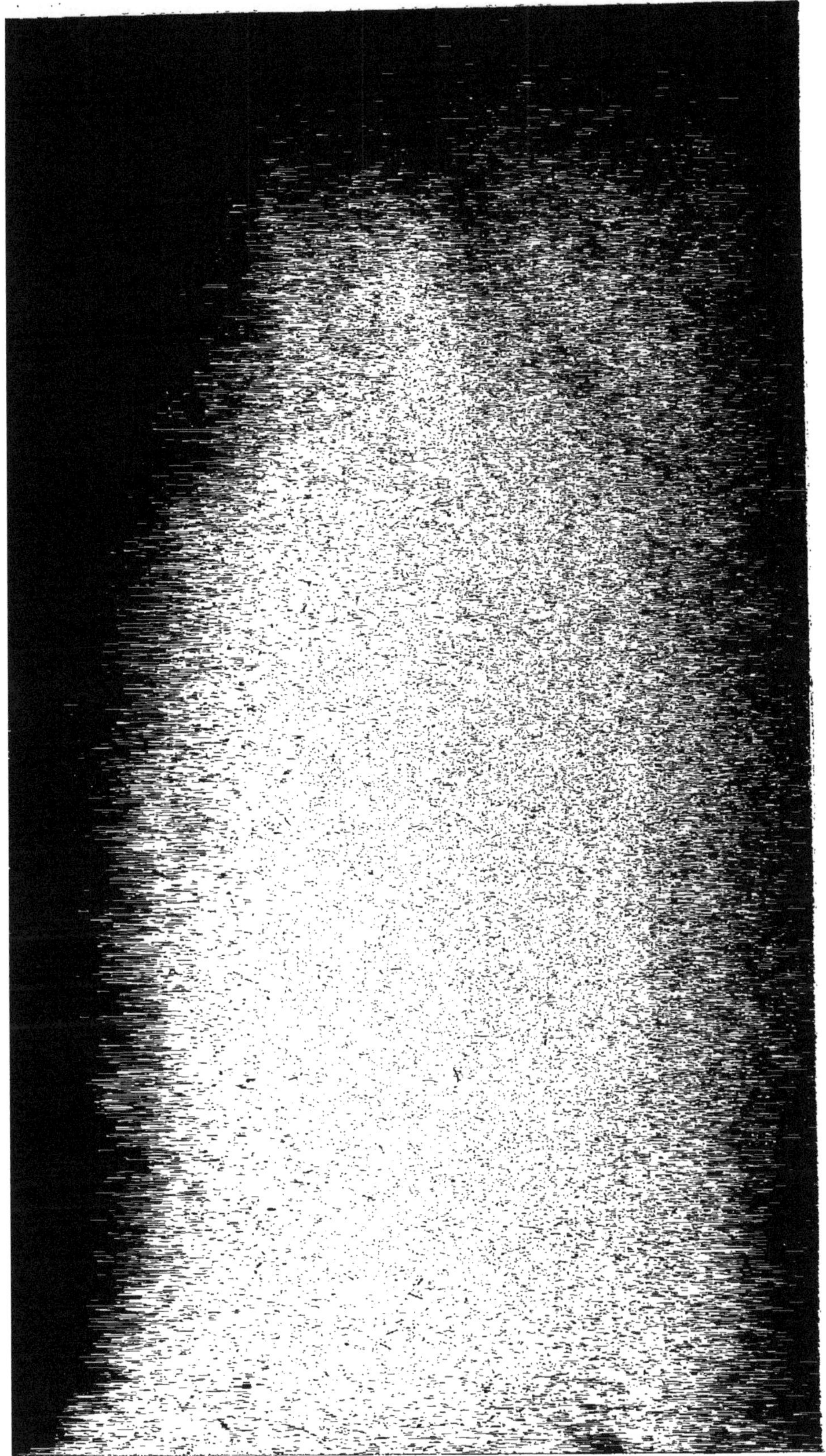

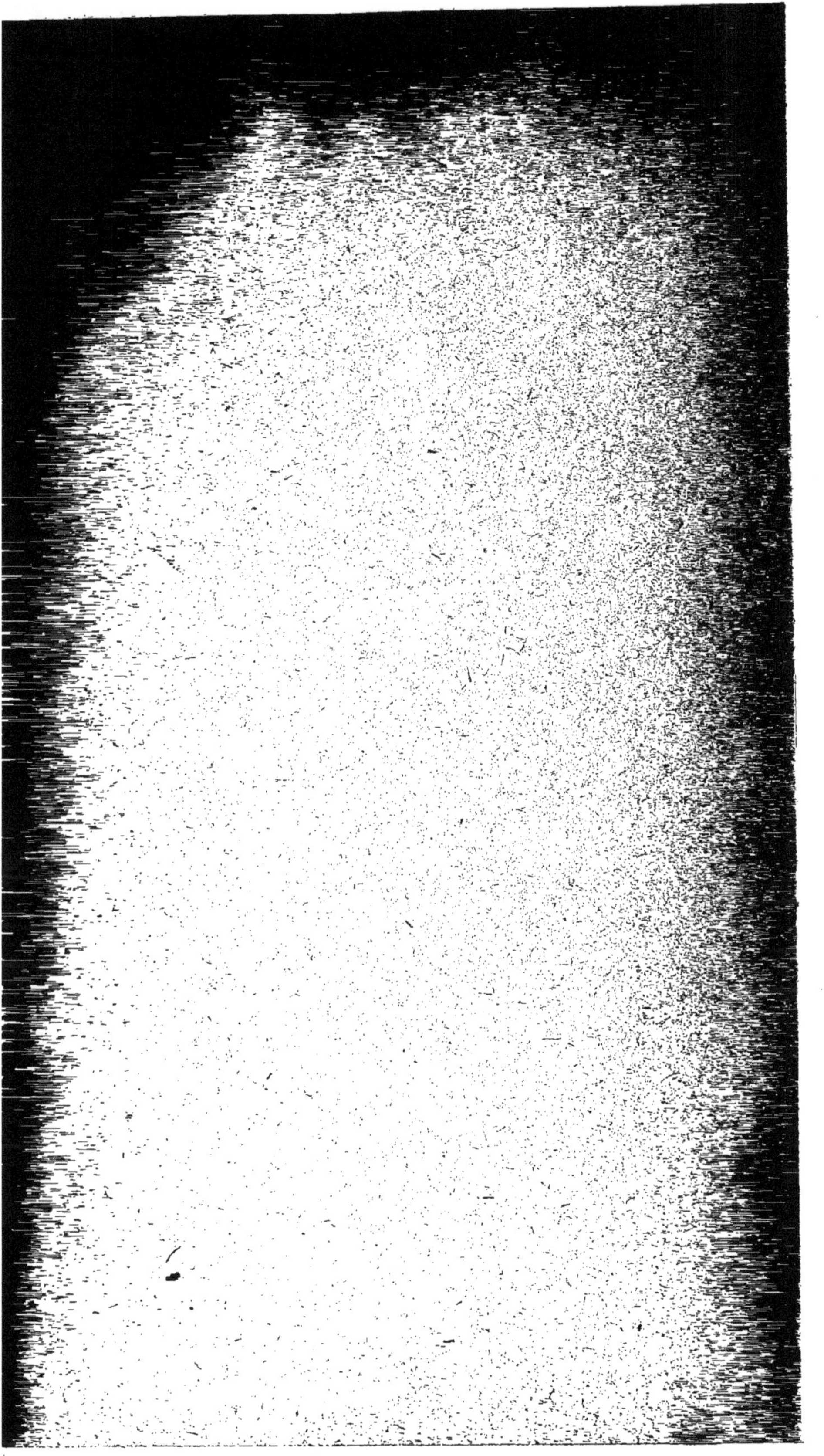

www.ingramcontent.com/pod-product-compliance
Ingram Content Group UK Ltd.
Pitfield, Milton Keynes, MK11 3LW, UK
UKHW021100200726
13857UKWH00003B/1030

9 782011 929198